DU MÊME AUTEUR

Du monde entier

THOMAS BERNHARD

GOETHE
SE MHEURT

récits

Traduit de l'allemand
par Daniel Mirsky

GALLIMARD

Titre original :

GOETHE SCHTIRBT

© *Suhrkamp Verlag, Berlin, 2010.*
© *Éditions Gallimard, 2013, pour la traduction française.*

Goethe se mheurt

Le matin du vingt-deux, Riemer m'avisa, en vue de ma visite chez Goethe, fixée à une heure et demie, de *parler d'une voix basse, mais pas trop non plus*, à l'homme dont désormais on ne disait plus qu'une chose, qu'il était la plus grande figure nationale, et même le plus illustre Allemand de tous les temps, car tantôt, me dit Riemer, son ouïe était *d'une acuité presque effrayante*, tantôt il *ne percevait presque plus rien*, de sorte qu'on ne savait plus ce qu'il entendait ou non, et bien qu'il fût, toujours selon Riemer, éminemment difficile de déterminer le volume sonore approprié pour s'adresser au génie, figé là sur son lit de mort, les yeux presque tout le temps tournés vers la fenêtre, il était tout de même possible, moyennant une concentration extraordinaire des sens, de trouver, pour cet entretien désormais fatalement attristant, le juste milieu convenant précisément à cet esprit arrivé, comme tout le monde pouvait s'en convaincre, en bout de course. Lui-même, me dit Riemer, avait parlé plusieurs fois avec Goethe au cours des trois derniers jours, deux fois en présence de Kräuter, que Goethe avait supplié de rester constamment à ses côtés, jusqu'au moment ultime, mais aussi une fois tout seul, étant donné que Kräuter, apparemment indisposé par l'irruption de Riemer dans la chambre de Goethe, avait subitement quitté celle-ci, sur quoi Goethe, me dit Riemer, avait tout de suite commencé à lui parler, comme au bon vieux temps, *du doutant et du non-doutant*, exactement comme aux premiers jours du mois de mars, lorsque, toujours selon Riemer, Goethe était en permanence revenu sur le sujet, sans relâche et avec la plus grande concentration, après s'être presque exclusivement consacré, fin février — comme pour se livrer à un exercice matinal quotidien avec lui, Riemer, c'est-à-dire sans Kräuter, en l'absence donc de celui que Riemer qualifiait régulièrement d'*esprit inane* et de *guetteur du trépas goethéen* —, au *Tractatus logico-philosophicus* et avoir, de façon plus générale, qualifié la pensée tout entière de Wittgenstein de *celle qui d'un coup se rapprochait le plus de la sienne*, et même de *celle qui*

venait prendre son relais, soulignant, toujours
selon Riemer, que sa pensée propre avait
inexorablement fini par être recouverte, si ce
n'est *complètement supplantée*, par la pensée witt-
gensteinienne, précisément au moment où
elle avait atteint le stade décisif, celui du choix
entre ce que Goethe, tout au long de sa vie,
avait été bien obligé d'identifier et de reconnaître comme l'*ici* et ce que, tout au long de sa
vie, il avait dû identifier et reconnaître comme
le *là*. Selon Riemer, Goethe s'était tant ému à
cette idée qu'il avait fini par supplier Kräuter
de faire venir Wittgenstein, d'aller le chercher
en Angleterre à tout prix et de le ramener à
Weimar, *coûte que coûte et dès que possible*, et
d'ailleurs Kräuter *aurait pu* convaincre Wittgenstein de se rendre auprès de Goethe,
curieusement en ce jour précis du vingt-deux
mars ; l'idée d'inviter Wittgenstein à Weimar
était venue à l'esprit de Goethe dès la fin
février, poursuivit Riemer, et pas seulement
début mars, comme l'affirmait Kräuter, et
c'était encore Kräuter — toujours selon
Riemer — qui disait avoir appris d'Eckermann
que ce dernier voulait à tout prix éviter cette
visite de Wittgenstein à Weimar auprès de
Goethe ; selon Kräuter, Eckermann avait tenu
au sujet de Wittgenstein des propos tellement

éhontés que Goethe — qui à l'époque jouissait encore pleinement de toutes ses facultés, y compris physiques, et était donc tout à fait capable de se rendre en ville régulièrement, de quitter le Frauenplan pour gagner la maison de Schiller et, au-delà, le village de Wieland — avait intimé à Eckermann, me dit Riemer, de ne pas prononcer un mot de plus au sujet de Wittgenstein, *cet homme des plus admirables*, pour reprendre les termes exacts qu'il aurait employés ; Goethe aurait dit à Eckermann que les services qu'il lui avait rendus, lui, Eckermann, étaient désormais, en ce jour et en cette heure la plus triste de toute l'histoire de la philosophie allemande, nuls et non avenus, et qu'en se livrant à cette bassesse consistant à tenter de discréditer Wittgenstein à ses yeux il avait commis une faute impardonnable, de sorte qu'il souhaitait le voir quitter sa demeure sur-le-champ, *ma demeure*, lui aurait expressément dit Goethe, lui qui d'habitude ne parlait que de sa *maison*, tout à coup il avait jeté ce mot de *demeure* à la figure d'Eckermann, toujours selon Riemer, de sorte qu'Eckermann était resté interdit quelques instants, sans articuler un mot, avant de se retirer. *Il a voulu me priver de ce qui m'est le plus cher,* avait dit Goethe à Riemer, *lui, Eckermann, qui pourtant me doit tout, et qui, Riemer, ne serait rien sans moi.* Goethe lui-même, poursuivit Riemer, n'avait pas été en mesure, après le départ d'Eckermann, d'articuler la moindre parole cohérente, il n'avait fait que répéter un seul mot, *Eckermann,* un si grand nombre de fois qu'il lui avait semblé que Goethe était sur le point de devenir fou. Mais au bout de quelques instants, Goethe s'était ressaisi, il avait pu parler avec Riemer, plus un mot au sujet d'Eckermann, mais tout un discours au sujet de Wittgenstein. Pour lui, disait Goethe, c'était un bonheur suprême que de savoir son âme sœur à Oxford, pas plus loin que de l'autre côté de la Manche, toujours selon Riemer, qui à ce moment-là de son récit me parut pour une fois assez crédible, moins exalté et plus digne de foi que d'ordinaire ; d'un coup, le compte rendu de Riemer présentait ce caractère d'authenticité qui d'habitude lui faisait toujours défaut, bref, Goethe lui avait dit : *savoir Wittgenstein à Oxford, pour moi qui suis à Weimar, quelle pensée heureuse, mon cher Riemer ; qui peut véritablement ressentir ce que cette pensée a de précieux, sinon moi, dont elle fait le plus heureux des hommes.* Riemer insista sur le fait que Goethe avait répété à plusieurs reprises *le plus heureux des hommes.* En lien avec la présence de

Wittgenstein à Oxford. Lorsque Riemer lui avait dit que Wittgenstein était *à Cambridge,* Goethe lui avait répondu *Oxford, Cambridge, peu importe, c'est la pensée la plus heureuse de toute ma vie, qui pourtant a été emplie de pensées heureuses.* De toutes ces pensées heureuses, celle de l'existence de Wittgenstein était pour lui la plus heureuse. Riemer me dit qu'il n'avait pas su, dans un premier temps, comment mettre en relation Goethe et Wittgenstein ; il en avait d'abord parlé à Kräuter, mais ce dernier, tout comme Eckermann, n'avait rien voulu savoir d'une venue à Weimar de Wittgenstein. Alors que Goethe, comme il me l'avait dit lui-même, souhaitait voir Wittgenstein le plus tôt possible, Kräuter avait sans cesse insisté pour que Wittgenstein ne vienne *pas avant avril,* le mois de mars était, selon lui, le moins favorable à une visite, Goethe n'en avait pas conscience, disait-il, mais lui-même, Kräuter, le savait pertinemment ; Eckermann n'avait pas tort, disait Kräuter, de vouloir dissuader Goethe de recevoir Wittgenstein, même si naturellement ses efforts étaient absurdes, car Goethe ne s'était jamais laissé dissuader de quoi que ce soit par Eckermann, mais Eckermann avait malgré tout de bonnes intuitions, m'avait dit Kräuter alors que nous passions devant la maison de

Wieland ; selon lui, Eckermann avait poussé le bouchon trop loin en ce jour fatidique où Goethe avait, sans la moindre équivoque, demandé à rencontrer Wittgenstein, à recevoir personnellement son successeur en quelque sorte, bref, Eckermann, me dit Kräuter, avait tout simplement surestimé ce jour-là les ressources physiques et morales qui restaient à Goethe, mais aussi ses propres prérogatives, et c'est pour cette raison et pour aucune autre, à cause de Wittgenstein donc, que Goethe s'était séparé d'Eckermann. La tentative des femmes (qui se tenaient en bas dans le salon !) de faire revenir Goethe sur sa décision, pourtant absolument sans appel, de chasser Eckermann, de le chasser pour toujours à cause de Wittgenstein — ce que naturellement les femmes ne pouvaient pas comprendre —, avait échoué ; pendant deux jours Goethe avait même, comme je l'ai su, refusé toute visite féminine dans sa chambre, lui qui tout au long de sa vie, dis-je à Riemer, n'avait pu se passer de femmes ne serait-ce qu'un seul jour ; Eckermann était resté auprès des femmes, en bas dans le salon, complètement déboussolé, comme l'avait rapporté Kräuter plus tard, les femmes l'avaient conjuré de mettre cette histoire sur le compte de

l'aggravation de l'état général de Goethe et de
ne pas la prendre trop à cœur, pas en tout cas
au point où la prenait Eckermann sur le
moment, et l'une des femmes, je ne sais plus
laquelle parmi toutes celles qui attendaient
dans le salon, s'était levée, toujours selon
Kräuter, et était montée chez Goethe pour
plaider la cause d'Eckermann, mais la décision de Goethe était irrévocable, jamais il
n'avait été déçu d'aussi douloureuse façon par
quiconque, plus jamais il ne voulait voir
Eckermann. Ce *plus jamais* de Goethe avait
encore résonné à maintes reprises en bas dans
le salon, longtemps même après le départ
d'Eckermann de la maison de Goethe, où
effectivement on ne l'avait plus jamais revu
par la suite. Personne ne sait où se trouve
Eckermann aujourd'hui. Kräuter a fait faire
des recherches, qui sont toutes restées vaines.
Même les gendarmeries de Halle et de Leipzig
ont été diligentées, et, toujours selon Riemer,
Kräuter a même diffusé la nouvelle de la dis-
parition d'Eckermann à Berlin et à Vienne.
Kräuter lui-même, poursuivit Riemer, avait
encore tenté à plusieurs reprises de détourner
Goethe de l'idée de faire venir Wittgenstein à
Weimar, et d'ailleurs personne ne pouvait être
certain, avait dit Kräuter, que Wittgenstein

accepterait vraiment de venir à Weimar, même
à l'invitation de Goethe, le plus illustre des
Allemands, car la pensée de Wittgenstein, par
sa nature même, remettait en cause toute cer-
titude, avait estimé Kräuter, qui, toujours selon
Riemer, avait essayé, avec des précautions infi-
nies, de mettre Goethe en garde contre la
venue de Wittgenstein à Weimar, il ne s'y était
pas pris de façon aussi grossière et incon-
venante qu'Eckermann, qui dans cette affaire
autour de Wittgenstein était tout simplement
allé trop loin, parce qu'il s'était cru trop sûr
de son fait, parce qu'il ignorait que s'agissant
des souhaits et des pensées de Goethe on ne
pouvait jamais être sûr de rien, ce qui prou-
vait, toujours selon Riemer, que, jusqu'à la fin,
Eckermann avait été incapable de s'affranchir
de *son étroitesse de vues caractéristique*, mais
même Kräuter n'était pas parvenu, me dit
Riemer, à dissuader Goethe de faire venir
Wittgenstein à Weimar. Un tel esprit n'est pas
de ceux à qui l'on envoie des télégrammes,
impossible de convier un tel esprit par voie
télégraphique, il fallait envoyer en Angleterre
un émissaire en chair et en os, avait dit Goethe
à Kräuter, toujours selon Riemer. Kräuter
n'avait rien répondu, et comme Goethe était
résolu à rencontrer Wittgenstein *en tête à tête,*

dit Riemer avec pathos, tout en soulignant qu'il ne faisait que reproduire le ton pathétique sur lequel Kräuter avait prononcé ces paroles, il avait finalement fallu que Kräuter, pour difficile que cela lui fût, se pliât au souhait du grand homme. Goethe avait poursuivi, toujours selon Kräuter, que, lorsqu'il jouirait à nouveau d'une meilleure santé, il se rendrait lui-même à Oxford ou Cambridge, afin d'évoquer *le doutant et le non-doutant* avec Wittgenstein, peu lui importait *d'aller au-devant de Wittgenstein*, même si les Allemands étaient bien incapables de comprendre seuls une telle pensée ; il n'en avait cure et n'en tenait aucun compte, pas plus qu'il n'avait jamais tenu compte de ce que pensaient les Allemands dans leur ensemble, car il était justement *l'Allemand* par excellence, disait-il en assumant pleinement cette façon de parler de lui-même, *je ferais volontiers le voyage d'Angleterre au soir de ma vie*, avait dit Goethe à Kräuter, or mes forces n'y suffisent plus, de sorte que je suis obligé de proposer à Wittgenstein de venir jusqu'à moi. *Il va de soi*, avait dit Goethe à Kräuter, *que Wittgenstein, mon fils spirituel en quelque sorte* — selon les termes exacts que Kräuter assure avoir entendus de sa bouche —, *logera chez moi, et ce dans la chambre la plus* *confortable de toute la maison. Je ferai aménager* cette pièce exactement de la façon qui, je pense, plaira à Wittgenstein. Et s'il pouvait rester deux jours, que pourrais-je espérer de mieux!* se serait écrié Goethe. D'après Riemer, Kräuter avait été épouvanté par ces souhaits tout à fait concrets de Goethe. Il s'était alors excusé et avait quitté, pour quelques instants du moins, la chambre de Goethe afin d'avertir les femmes en bas dans le salon, et même dans la cuisine, du projet goethéen d'inviter Wittgenstein dans sa maison. Naturellement, les bonnes femmes ne savaient même pas qui était Wittgenstein, avait dit Kräuter à Riemer, toujours selon ce dernier. Elles pensaient que Kräuter était devenu fou. Ce Wittgenstein est d'un seul coup devenu l'être le plus cher à Goethe, aurait dit Kräuter aux cuisinières, ce sur quoi elles l'auraient tenu pour fou. Inlassablement, Kräuter avait arpenté la maison de Goethe, toujours selon Riemer, répétant que *Wittgenstein est l'être le plus cher à Goethe*, et tous, en l'entendant, se seraient touché le front de consternation. *Un penseur autrichien!* s'était apparemment exclamé Kräuter en présence du médecin qui venait soigner Goethe deux fois par jour, sur quoi le médecin (je ne cite pas son nom afin qu'il ne puisse pas

me traîner devant les tribunaux !) lui avait dit
qu'il était devenu fou, sur quoi Kräuter lui
avait répondu que c'était lui, le médecin, qui
était fou, sur quoi le médecin lui avait répondu
que sa place était à l'asile de Bethel, sur quoi
Kräuter avait répondu que c'était lui, le médecin, qu'il fallait enfermer à Bethel, et ainsi de
suite. Au bout d'un moment, Kräuter s'était
dit que Goethe, à l'idée d'inviter Wittgenstein
à Weimar et même dans sa propre maison,
avait dû finir par se tranquilliser, et il était de
nouveau entré dans sa chambre. Le génie,
toujours selon Riemer rapportant les propos
de Kräuter, se tenait désormais à la fenêtre et
contemplait un dahlia pris par le givre dans le
jardin. *Voyez, Kräuter, ce dahlia couvert de givre !*
se serait alors exclamé Goethe de la même
voix forte et assurée qu'autrefois, *c'est cela, le
doutant et le non-doutant !* Ensuite, continua
Riemer, Goethe était encore longtemps resté à
la fenêtre et avait chargé Kräuter d'aller quérir Wittgenstein à Oxford ou à Cambridge
(peu importe où exactement, avait-il martelé)
et de lui transmettre l'invitation. Je crois savoir
que la Manche est gelée, de sorte que vous
aurez à vous emmitoufler dans un bon manteau de fourrure ! avait lancé Goethe à Kräuter.
Emmitouflez-vous bien et allez quérir Witt-

genstein et invitez-le à Weimar pour le vingt-deux mars. C'est mon souhait de toute une vie, Kräuter, de voir Wittgenstein précisément en ce vingt-deux mars. Je ne désire plus rien d'autre. Si Schopenhauer et Stifter étaient encore de ce monde, je les inviterais tous deux en même temps que Wittgenstein ; or Schopenhauer et Stifter ne sont plus de ce monde, de sorte que j'invite seulement Wittgenstein. Et en y réfléchissant bien, avait dit Goethe à sa fenêtre, la main droite appuyée sur sa canne, Wittgenstein est le plus grand de tous. Kräuter avait alors, toujours selon Riemer, fait remarquer à Goethe toute la difficulté d'*entreprendre le voyage d'Angleterre en cette froide et rude saison, de traverser la moitié de l'Allemagne puis la Manche puis de continuer jusqu'à Londres et même au-delà. C'est effroyable, Goethe !* se serait exclamé Kräuter, ce à quoi Goethe aurait rétorqué, avec la même véhémence : *En route, Kräuter, en route !* Sur quoi Kräuter, me dit Riemer avec sa joie mauvaise caractéristique, n'avait eu d'autre choix que de se retirer et de se préparer au voyage. Les femmes s'étaient alors affairées autour de lui de façon absolument terrifiante, tirant des armoires goethéennes toute une série de pelisses, plus d'une vingtaine en tout, dont le manteau de voyage que

Goethe avait gardé de Cornelia Schellhorn et qu'il n'avait jamais porté *pour des raisons sacrées,* mais aussi, toujours selon Riemer, un manteau de fourrure que Goethe tenait de Katharina Elisabeth Schultheiss, ou une autre pelisse encore qu'Ernst August avait un jour oubliée chez lui, et c'est précisément pour celle-ci que Kräuter s'était finalement décidé, dans la mesure où, considérait-il, toujours selon Riemer, elle convenait le mieux à un tel voyage à destination de l'Angleterre. Deux heures plus tard, Kräuter s'était retrouvé à la gare et était parti. Alors, Riemer avait de nouveau joui, pour reprendre ses termes, de plus de temps auprès de Goethe, lequel lui avait fait nombre de confidences au sujet de Kräuter, mais aussi d'Eckermann et de bien d'autres, qui jetaient sur eux une lumière guère flatteuse. Ainsi Goethe s'était-il plaint auprès de Riemer, dès le départ de Kräuter pour l'Angleterre, du fait que ce dernier l'avait toujours négligé. Goethe n'avait pas donné davantage de précisions, et Riemer m'assura qu'il n'en savait pas plus lui-même, si ce n'est que Goethe lui avait sans cesse répété le mot *négligé* en lien avec Kräuter. Kräuter était quelqu'un de bête, lui avait même dit Goethe à plusieurs reprises, tandis qu'Eckermann était *encore plus bête.*

Quant à Ernst August, il n'était pas, toujours selon Goethe cité par Riemer, le grand Ernst August pour lequel on le tenait désormais. Il était *plus bête*, avait dit Goethe, *plus médiocre qu'on ne le pense*. Ulrike aussi était *bête*, avait dit Goethe, selon Riemer. Madame von Stein et les cercles qui se réunissaient autour d'elle aussi. Quant à Kleist, il l'avait anéanti, ce qui ne lui inspirait aucun remords. Riemer n'avait pas compris ce que Goethe avait voulu dire par là, tandis que moi j'avais ma petite idée. En revanche, il avait toujours eu une plus haute opinion de Wieland et de Herder que ce qu'il laissait paraître, avait poursuivi Goethe. *Au vent, les bannières tintent*, avait dit Goethe, *de qui est ce vers ?* Riemer n'en avait aucune idée, c'est du Hölderlin, dis-je, mais Riemer se contenta de secouer la tête. Goethe avait dit à Riemer qu'il avait ruiné le Théâtre national, lui, Goethe, et d'ailleurs il avait réduit à néant l'ensemble du théâtre allemand, mais cela, avait dit Goethe, toujours selon Riemer, les gens ne s'en rendraient compte que dans deux cents ans, au plus tôt. *J'ai écrit ce qu'il y a de plus grand, cela ne fait aucun doute, mais c'est aussi de cette façon que j'ai tétanisé la littérature allemande pour quelques siècles. J'aurai été, mon cher*, avait dit Goethe à

Riemer, *le tétaniseur de la littérature allemande.*
Ils sont tous tombés dans le piège de mon Faust. En
fin de compte, tout cela, pour grand que ce
fût, n'a été qu'un *déballage* de mes sentiments
les plus intimes, avait dit Goethe, toujours
selon Riemer, j'y ai mis un peu de tout, mais
en rien je n'ai été véritablement supérieur.
Riemer avait cru que Goethe parlait de
quelqu'un d'autre, et non pas de lui-même,
lorsqu'il avait dit : *Voilà la façon dont j'ai mystifié*
les Allemands, qui certes ne demandent qu'à l'être,
mais à quelle échelle tout de même ! C'est ce
qu'avait crié le grand homme, toujours selon
Riemer, avant de se pencher, l'air grave, vers le
portrait de Schiller ornant sa table de chevet,
et de décréter : *Je l'ai anéanti, de toutes mes forces,*
je l'ai détruit en connaissance de cause, je l'ai
d'abord débilité puis anéanti. Il voulait m'imiter en
tout point. Le pauvre ! Une maison sur l'esplanade,
à l'instar de la mienne sur le Frauenplan ! Quel
égarement ! Il me fait de la peine. C'est ce qu'avait
dit Goethe, avant d'observer un silence pro-
longé. Heureusement que Schiller lui-même
n'a pas pu entendre cela, dit Riemer. Goethe
avait ensuite rapproché le portrait de Schiller
de son visage et s'était exclamé : *Je plains tous*
les faibles qui ne peuvent se montrer à la hauteur de
leur talent parce qu'ils n'ont pas le souffle nécessaire !

Puis, toujours selon Riemer, il avait reposé sur sa table de chevet le portrait de Schiller, que, dit-on, une amie de Wieland avait exécuté pour lui. *Ceux qui viendront après moi n'auront pas la tâche aisée,* avait-il dit ensuite, toujours selon Riemer. À ce moment-là, Kräuter était déjà loin. Nous n'avions pas eu de nouvelles de lui, si ce n'est que lors d'une étape à Magdebourg il avait fait l'acquisition d'une relique de Bach, une boucle de cheveux du Cantor de Leipzig, qu'il comptait offrir à Goethe à son retour. C'est une bonne chose pour Kräuter de s'éloigner quelque temps de l'influence de Goethe, dit Riemer. Cela nous permet de discuter sans être dérangés, et Goethe se retrouve, pour une fois, débarrassé de cet être nul, à l'esprit non avenu. Il s'est séparé d'Eckermann, et il fera de même avec Kräuter, dit Riemer. Et les femmes, poursuivit Riemer, ne jouent plus aucun rôle dans sa vie. Tout pour la philosophie désormais, plus rien pour la littérature. On le voit de plus en plus souvent au cimetière, comme s'il se choisissait un emplacement, je le croise chaque fois à l'endroit qui, à mon sens, lui conviendrait le mieux. Abrité du vent, complètement à l'écart. Je ne m'étais pas du tout rendu compte, me dit Riemer alors que nous traversions l'esplanade,

dont s'était emparé le bourdonnement indus-
trieux du matin, que Goethe est entré dans
l'ultime phase de son existence. Si je retourne
le voir ce soir, avait poursuivi Riemer au sujet
de Goethe, je continuerai à parler avec lui du
*doutant et du non-doutant. Nous allons organiser
cette problématique, nous allons la prendre à bras-
le-corps et en venir à bout,* annonçait chaque fois
Goethe. Tout ce qu'il avait lu et médité avant
n'était rien à côté de la pensée wittgen-
steinienne, ou *du moins presque rien.* Une fois,
Goethe avait dit à Riemer qu'il ne savait plus
*par l'intermédiaire de qui ou de quoi il en était
arrivé à découvrir Wittgenstein. Un petit volume à
la couverture rouge, tiré de la collection Bibliothek
Suhrkamp, oui, peut-être, je ne saurais plus le dire
avec exactitude. En tout cas, cela m'a sauvé.*
J'espère, avait dit Goethe à Riemer, toujours
selon ce dernier, que Kräuter obtiendra, à
Oxford ou à Cambridge, que Wittgenstein
puisse venir bientôt. Il ne me reste plus beaucoup de temps. Jour après jour, Goethe s'était
alors reclus dans sa chambre, ne faisant rien
d'autre qu'attendre Wittgenstein, selon
Riemer. C'est ainsi, la seule chose qu'il attend
désormais, le *Tractatus* sous son oreiller, c'est
la venue de Wittgenstein, l'être et la pensée
qu'il place au-dessus de tout, dit Riemer. *La*

*tautologie n'a pas de conditions de vérité, car elle
est inconditionnellement vraie ; et la contradiction
n'est vraie sous aucune condition,* avait répété
Goethe tout au long de cette période, citant
Wittgenstein, toujours d'après Riemer. Des
vœux de guérison étaient arrivés en pro-
venance du centre de cures de Karlsbad, tout
comme de Marienbad, et de la jolie ville
d'Elenbogen on envoya à Goethe un verre
gravé, le représentant en compagnie de Wittgenstein. Nul n'était capable de dire comment
les gens d'Elenbogen avaient su que Goethe et
Wittgenstein ne faisaient qu'un, poursuivit
Riemer, en tout cas sur le verre ils ne font
qu'un. Un joli verre. De Sicile se manifesta un
professeur, d'Agrigente pour être précis, qui
invitait Goethe à venir voir sa collection de
manuscrits goethéens. Goethe répondit au
professeur qu'il n'était plus en mesure de traverser les Alpes, bien qu'il *aimât leur rou-
geoiement davantage encore que le murmure de la
mer.* Goethe s'était entièrement retiré dans sa
correspondance, continua Riemer, dans une
sorte de correspondance d'adieux philoso-
phante. Il écrivit à une certaine Édith Lafon-
taine à Paris, qui lui avait soumis des poèmes,
et lui conseilla de s'adresser à Voltaire, à qui
revenait désormais la noble tâche de répondre

aux sollicitations des quémandeurs littéraires. Le propriétaire de l'hôtel Pupp à Karlsbad se tourna vers Goethe pour lui proposer de racheter son établissement, au prix de huit cent mille thalers apparemment, personnel non compris. Pour le reste, il n'arrivait chaque jour dans la maison du Frauenplan que le lot habituel de lettres mesquines et de mauvais goût, que les secrétaires triaient avant que Goethe ne les jette, pas de sa propre main naturellement, c'est Kräuter ou moi-même qui nous en chargions, poursuivit Riemer, fort heureusement nous avions plusieurs grands poêles, dans lesquels nous pouvions jeter ces courriers sans valeur, importuns, d'une insensibilité totale. Tout un chacun en Allemagne se croyait soudainement autorisé à écrire personnellement à Goethe, sans exception aucune. Tous les jours, Eckermann déchargeait des corbeilles entières de lettres près des poêles, de sorte qu'au cours des dernières années de sa vie Goethe put chauffer sa maison rien qu'avec les lettres qu'il recevait. Mais revenons à Wittgenstein. Kräuter était bel et bien, comme me le relatait maintenant Riemer, parvenu jusqu'à Wittgenstein. Or ce dernier était mort d'un cancer la veille de son arrivée. Kräuter — toujours d'après Riemer —

n'avait pu voir Wittgenstein que dans le cer-
cueil où il était exposé, décharné, les joues
creuses. Dans l'entourage de Wittgenstein,
avait rapporté Kräuter, personne n'avait
entendu parler de Goethe. Alors, Kräuter était
reparti, découragé. La grande question qui se
posait désormais, me dit Riemer, c'était de
savoir s'il fallait faire part à Goethe de la mort
de Wittgenstein ou non. C'est justement maintenant, dis-je à Riemer — nous longions la
maison de Schiller et étions sur le chemin du
retour vers Goethe mourant, qui se trouvait de
nouveau entièrement sous la garde des
femmes qui s'efforçaient de le soigner —, c'est
justement maintenant que j'aurais dû aller
chercher Wittgenstein à la gare. Riemer
regarda sa montre, alors que, pour ma part,
j'aurais voulu poursuivre : personne, mis à part
Goethe, n'appelait plus ardemment de ses
vœux la visite de Wittgenstein à Weimar que
moi. Pour moi aussi, c'eût été le point culmi-
nant de mon existence, je disais *existence*, là où
Goethe préférait dire *vie*. Chaque fois que
Goethe avait dit *vie*, j'avais dit *existence*, il en
avait été ainsi à Karlsbad, à Rostock, à
Francfort, sur l'île de Rügen, à Elenbogen.
Même si Wittgenstein et Goethe s'étaient
contentés, debout ou assis l'un en face de

l'autre, de se regarder en silence, ne fût-ce que quelques instants, c'eût été le plus beau moment auquel je puisse imaginer assister. Riemer dit que Goethe avait *placé le* Tractatus *au-dessus de son* Faust *et au-dessus de tout ce qu'il avait pu écrire et penser.* Ça aussi c'est Goethe, dit Riemer ; il y a aussi de ça chez lui. Lorsque la veille au matin, poursuivit Riemer, c'est-à-dire le vingt et un, il était entré dans la chambre de Goethe, dans laquelle, à sa grande surprise, il avait aperçu, debout près du lit où Goethe était étendu, la tête reposant sur quatre coussinets brodés par Ulrike, comme pour anticiper la présentation publique qu'on allait donner du mort, nul autre que Kräuter, qui semblait signifier à Goethe, en levant sa main droite légèrement difforme et en tendant de façon proprement fanatique et avec une brutalité effrayante trois doigts vers le grand homme, qu'il ne lui restait que *trois jours* à vivre, et pas un seul de plus (ce en quoi Kräuter s'est en fin de compte trompé !), Goethe avait dit plusieurs fois, toujours selon Riemer, que c'était la faute à l'excursion sur le Gickelhahn, plusieurs fois il avait répété *c'est la faute au Gickelhahn.* Ensuite, Kräuter, apparemment encore très éprouvé par son voyage en Angleterre, avait, toujours selon Riemer, plongé une serviette de lin dans un bac d'eau froide qui se trouvait sur une petite chaise de cuisine blanche près de la fenêtre, puis avait essoré la serviette de lin au-dessus de la bassine si longtemps que cela avait paru une éternité à Riemer, comme si Kräuter, souligna Riemer, voulait distendre le temps de façon absolument effrayante. Tandis que Kräuter essorait la serviette de lin au-dessus de la bassine, Goethe, déjà très affaibli, avait, toujours selon Riemer, regardé à travers la fenêtre en direction du jardin, tandis que lui-même, Riemer, était resté tout le temps dans l'embrasure de la chambre goethéenne. Il n'avait pas eu la force de dire à Goethe que Wittgenstein ne viendrait pas, continua Riemer, et Kräuter aussi se gardait bien de communiquer l'affreuse nouvelle à Goethe, jamais aucun d'eux n'aurait osé lui dire que Wittgenstein était déjà *mort.* Et bien que Goethe fût un illustre inconnu pour l'entourage de Wittgenstein, Kräuter avait, afin de ménager Goethe, répondu plusieurs fois aux questions dont il le pressait : *Goethe est connu de tous, de tous sans exception.* À chacune de ces réponses, Goethe avait paru très heureux. Goethe n'avait pas remarqué d'emblée la présence de Riemer au seuil de sa chambre, et avait dit très calmement à Kräuter que, tout compte fait, de toutes les personnes qu'il avait rencontrées *au cours de sa vie* (et non *au cours de son existence*!) il ne souhaitait, entre tous, que la présence d'un seul être à son chevet, en l'occurrence *Eckermann*, ce qui naturellement nous surprit beaucoup, Kräuter et moi, me dit Riemer. Au nom d'Eckermann — que Goethe, d'un seul coup, avait de nouveau prononcé avec le plus grand calme — Kräuter avait sursauté et tourné le dos à Goethe. Quant à moi, poursuivit Riemer, j'ai mis cette remarque sur le compte de la perte graduelle de ses facultés mentales. *Kräuter, n'est-ce pas Riemer que je vois là ?* s'était alors exclamé Goethe, lançant un regard vers moi, dit Riemer, mais différent de son regard habituel. Pour moi, il ne faisait aucun doute que ce vingt-deux mars serait le dernier jour que vivrait Goethe. Huit jours s'étaient écoulés depuis la mort de Wittgenstein. Et maintenant c'est son tour, me suis-je dit. Kräuter m'a avoué plus tard, continua Riemer, que lui aussi avait eu la même pensée au même moment. Ensuite, Kräuter avait de nouveau appliqué la serviette de lin imprégnée d'eau froide sur le front de Goethe *avec cette théâtralité répugnante*, dit Riemer, *qui caractérise Kräuter. Et Eckermann aussi d'ailleurs.* Sur quoi, toujours selon Riemer, Goethe avait dit qu'en faisant en sorte de devenir le grand homme qu'il était désormais, il avait anéanti tous ceux qui l'entouraient de près ou de loin. En vérité, bien loin de rehausser l'Allemagne, il l'avait anéantie. Mais le monde était aveugle à cette idée. Lui, Goethe, avait appâté l'ensemble des Allemands, uniquement pour les détruire un par un, pour les plonger dans le malheur le plus profond, de façon systématique. *Les Allemands me vénèrent, alors que je leur nuis comme personne, et pour des siècles.* Kräuter certifie que Goethe a prononcé ces paroles *le plus tranquillement du monde.* Il avait eu l'impression permanente, poursuivit Riemer, que Goethe s'était choisi pour ultime garde-malade un acteur du Théâtre national, en la personne de Kräuter auquel il s'était lié sur la fin, et il avait pensé, en voyant Kräuter s'affairer ainsi auprès de Goethe, presser le linge contre son front, se tenir près de lui lorsqu'il s'exclama : *je suis l'annihilateur des Allemands,* puis enchaîna : *mais je n'en éprouve aucun remords !,* en voyant Kräuter relever un peu la main de Goethe, qui lui-même n'en avait plus la force, pour la placer un peu plus haut sur la couverture, cédant à sa propre tendance à l'esthétisation, mais pas au point de joindre complètement les

mains de Goethe comme pour un mort, ce que
même lui, Kräuter, aurait forcément trouvé de
mauvais goût, en voyant Kräuter aller jusqu'à
essuyer avec un mouchoir une goutte de sueur
qui perlait au front de Goethe, mettant au
jour un empressement proprement repoussant, qui visait forcément à l'atteindre, lui,
Riemer, si ce n'est à le blesser mortellement;
bref, il avait pensé que, finalement, quelqu'un
d'aussi dépravé que Kräuter correspondait
parfaitement à un esprit comme Goethe —
que nous sommes bien obligés de tenir pour
grand, voire pour le plus grand de tous —
dans la mesure où c'est précisément par la
rencontre avec un génie en fin de parcours
comme Goethe que la bassesse et la charlata-
nerie de Kräuter pouvaient s'exacerber de la
plus éclatante des manières. Jusqu'au degré le
plus extrême de la trahison, assena Riemer. *Ce
n'est pas à l'hôtel de l'Éléphant que s'installera
Wittgenstein*, avait dit Goethe, alors qu'il était
déjà étendu sur son lit de mort, *mais dans ma
maison, juste à côté de ma chambre. Nul autre que
lui ne saurait convenir mieux. Je veux avoir
Wittgenstein à mes côtés!* avait dit Goethe directement à Riemer, toujours selon ce dernier.
Lorsque Goethe avait fini par mourir, le vingt-
deux mars précisément, je m'étais dit: quelle

coïncidence que Goethe eût invité Wittgenstein à Weimar justement ce jour-là. Quel
signe du destin. *Le doutant et le non-doutant,*
voilà ce qu'avaient été, paraît-il, les *avant-*
dernières paroles de Goethe. Autrement dit
une citation de Wittgenstein. Puis il avait prononcé ce qui allait devenir son mot le plus
célèbre : *Clarté grandiose!* Or en réalité, les
tout derniers mots de Goethe n'ont pas été :
Clarté grandiose! mais *J'en ai ma dose!* Seuls
Riemer et moi — et Kräuter — étions pré-
sents. Nous trois — c'est-à-dire Riemer,
Kräuter et moi-même — nous sommes mis
d'accord pour annoncer au monde que les
dernières paroles de Goethe avaient été *Clarté*
grandiose! et non *J'en ai ma dose!* Ce mensonge, cette falsification, dont Riemer et
Kräuter ne se sont jamais remis, jusqu'à en
mourir il y a longtemps déjà, j'en souffre
encore aujourd'hui.

Montaigne
Un récit

Fuyant ma famille, c'est-à-dire mes persécuteurs, je me réfugiai dans un coin de la tour, emportant avec moi, sans avoir allumé la lumière et donc sans avoir déchaîné contre moi la fureur des moustiques, un livre de la bibliothèque, qui, lorsque j'en eus lu quelques phrases, s'avéra être de Montaigne, avec qui j'entretiens des affinités plus profondes et véritablement éclairantes qu'avec nul autre.

Sur le chemin de la tour, j'avais, comme si ce geste était le seul et l'unique qui pouvait me sauver, tiré un livre des rayons de la bibliothèque, plongée dans l'obscurité la plus totale, sans la moindre idée de quel livre il pouvait bien s'agir, sinon que je me disais qu'il s'agissait sans doute d'un livre philosophique, dans la mesure où les miens, depuis des siècles, avaient pour coutume d'entasser du côté gauche de la bibliothèque les livres qu'on

appelle philosophiques, et c'est donc en par-
faite connaissance de cause que je ne m'étais
pas servi à droite de la bibliothèque, du côté
des belles-lettres, comme on dit, mais du côté
philosophique de la bibliothèque, même si,
lorsque j'avais tiré l'ouvrage du côté gauche,
je n'avais pas pu deviner de quel livre philosophique au juste il s'agissait, car naturellement
j'aurais tout aussi bien pu tomber sur un autre
livre que celui de Montaigne, sur Descartes ou
Novalis ou Schopenhauer.

Sur le chemin de la tour, alors que, comme
je disais, j'avais renoncé à allumer la lumière
à cause des moustiques, j'avais malgré tout
appliqué toute ma concentration à essayer de
deviner quel livre au juste je tirais des rayons,
mais, parmi tous les noms de philosophes qui
à ce moment-là m'ont traversé l'esprit, il n'y
avait pas celui de Montaigne.

Comme cela faisait une éternité que personne n'avait parcouru le chemin menant de la
bibliothèque à la tour, ma tête fut rapidement
recouverte de centaines de toiles d'araignées,
de sorte qu'au bout d'un moment, avant même
d'avoir atteint la tour, j'eus l'impression d'être
coiffé d'un véritable bonnet en toiles d'araignées, tant la couche de toiles d'araignées
qui s'étaient enroulées autour de ma tête sur

le chemin de la bibliothèque à la tour était épaisse ; ces toiles d'araignées sur mon visage et sur ma tête me donnaient l'impression de porter un bandage, qui, sur le chemin de la bibliothèque à la tour, se serait enroulé tout seul autour de ma tête et de mon corps tout entier, que je tournais et retournais de peur que les miens puissent m'apercevoir, dès l'instant où j'étais entré dans la bibliothèque, puis sur le trajet menant de la bibliothèque jusqu'à la tour. J'avais même eu du mal à respirer.

À ma peur d'étouffer, dont je souffrais depuis tant d'années déjà en raison d'une maladie qui avait affaibli mes poumons, s'en ajoutait une autre, plus terrible encore, due aux toiles d'araignées enroulées autour de ma tête. Tout l'après-midi, les miens m'avaient tourmenté de leurs petites affaires et m'avaient reproché, en me noyant sous un flot de paroles ou, à l'inverse, en observant un silence obstiné sur des sujets qui pourtant auraient mérité d'être abordés, d'être la cause de leur malheur. J'avais, disaient-ils, pris le parti de m'opposer systématiquement à eux et à leur monde, à leurs affaires et à leur façon de penser, qui pourtant était la même que la mienne.

Ils disaient que je m'étais fait une habitude de désagréger leur mode de pensée, de les

tourner en dérision, de les détruire et de les
tuer. Que je concentrais toute mon énergie à
les désagréger et à les détruire et à les tuer.
Jour et nuit je ne ressassais rien d'autre, et je
consacrais tout mon temps disponible, disaient-
ils, à m'en prendre à eux. Ce n'était donc pas
moi le malade et le faible, disaient-ils, mais
eux, c'était sur eux que j'exerçais ma domina-
tion et non l'inverse : j'étais leur oppresseur,
ce n'étaient pas eux qui s'en prenaient à moi,
mais moi à eux.

Or ce refrain, je le connais depuis que je
suis né. Dès ma naissance, je m'étais montré
hostile à leur égard, avant même de savoir parler je leur avais opposé mon regard pénétrant
d'enfant méchant, mon être tout entier dans sa
monstruosité perfide. Ils avaient été ébranlés
par mon tout premier regard, car ils y avaient
déjà lu toute mon hostilité. Instinctivement,
disaient-ils, tout en moi s'était tourné contre
eux dès les premiers instants, avec une hostilité de plus en plus affirmée et virulente à
mesure que se développait ma raison.

J'étais leur annihilateur, avaient-ils encore
répété aujourd'hui, alors que je passe mon
temps à leur faire comprendre que ce sont
eux mes annihilateurs, qu'ils œuvrent à mon
anéantissement depuis le moment de ma

conception. Les miens m'ont sur la conscience, c'est ce que je leur signifie à travers tout ce que je dis et fais, tandis qu'inversement, dans tout ce qu'ils disent et pensent et font sans arrêt, ils me signifient que c'est moi qui les ai sur la conscience. Ils m'avaient fait naître et entrer dans une si belle région et une si belle maison, me disaient-ils en permanence, et moi je ne faisais que les tourner en dérision et les mépriser en permanence.

Tout ce que je disais était empli de cette dérision et de ce mépris, qui un jour allaient les achever, mais je pense que c'est moi, au contraire, que leur dérision et leur mépris achèveront un jour. Sur le chemin qui me menait de la bibliothèque à la tour, je me dis que je n'étais pas parvenu à leur échapper depuis quarante-deux ans, alors que je n'avais rien eu d'autre en tête durant les quarante-deux années de ma vie que leur échapper ; me soustraire à eux n'a jamais été possible, même pour une période très brève, car une telle entreprise ne pouvait jamais être qu'illusoire, sans même parler d'une libération véritable, à laquelle je n'ose même plus songer. Les soins dont ils m'avaient entouré, disaient-ils, avaient toujours été les plus prévenants, leur sollicitude toujours la plus attentive, mais leur découragement à mon sujet, disaient-ils, avait aussi toujours été le plus terrible.

Ils avaient tant levé d'obstacles pour moi, et pourtant je n'avais jamais voulu emprunter le moindre des chemins qu'ils m'avaient indiqués, répétaient-ils encore aujourd'hui. Tous les chemins qu'ils m'avaient indiqués, en levant tous les obstacles, auraient été les meilleurs pour moi, ils me voyaient déjà parcourir ces différents chemins, mais d'emblée j'avais ruiné, pour eux et par conséquent pour moi, l'ensemble de ces chemins. Une fois, je leur avais dit que jamais je ne voulais emprunter un chemin tout tracé, mais leur incompréhension de mes propos, et leur perfidie toujours prête aux collusions les plus éhontées avec leur incompréhension, m'avait immédiatement fait prendre conscience de l'absurdité de mes propos, et je ne m'étais plus aventuré à répéter cette phrase selon laquelle jamais je ne souhaitais emprunter le moindre chemin tout tracé. Toutes les remarques que j'avais pu faire à leur endroit ne s'étaient toujours heurtées chez eux qu'à de l'incompréhension, et à la perfidie allant de pair avec cette incompréhension, de sorte qu'au fil des décennies je leur confiai de moins en moins de choses et finalement plus rien, tandis que leurs reproches se faisaient de plus en plus violents.

J'étais allé à la bibliothèque et j'avais tiré de ses rayons un livre philosophique en ayant pleinement conscience de commettre un crime, car, à leurs yeux, le simple fait de pénétrer dans la bibliothèque était un crime, sans même parler du crime bien plus grave encore consistant à extraire un livre philosophique de ses rayons, sachant que, à leurs yeux, le simple fait de me soustraire à eux en constituait déjà un. Ils disaient qu'ils avaient acheté une maison à Encknach pour l'agrandir, puis, dans un an, la revendre dix fois son prix, qu'ils avaient réuni deux exploitations agricoles en une près de Rutzenmoos, dégageant un profit de trente millions en un tour de main. Nous devons agir au moment où les faibles sont les plus affaiblis, disaient-ils à table, nous devons venir à bout des rusés par des ruses encore plus implacables, par une perfidie encore plus perfide. Ils ne parlaient pas directement de ces affaires, seulement de façon indirecte ; même lorsqu'ils évoquaient des sujets qu'ils considéraient comme philosophiques, comme la solitude chez Schopenhauer, qu'ils ont certes, comme j'ai pu m'en rendre compte, lu entièrement, mais pas du tout compris, ils ne faisaient au fond que parler de leurs petites affaires, de la façon d'abuser les rusés par des ruses plus grandes encore. Ils avalaient leur soupe et prenaient la défense d'un chien qui avait mordu un passant, mais même à travers ces hypocrites évocations canines ils ne faisaient que parler de leurs petites affaires. Mes parents et mes frères et sœurs ont toujours été d'accord entre eux pour se liguer contre tout et contre moi. Nous t'avons toujours aimé, ont redit mes parents encore aujourd'hui, et mes frères et sœurs les ont regardés et écoutés sans les contredire, tandis que je pensais que, tout au long de leur vie, ils n'avaient fait que me haïr, tout comme moi je les ai haïs depuis le début, s'il s'agit de regarder en face la vérité et de la dire, au lieu de mentir, ce à quoi je me refuse depuis longtemps déjà. Après tout, nous disons bien que nous aimons nos parents alors qu'en réalité nous les haïssons, car nous ne pouvons pas aimer nos géniteurs dans la mesure où nous ne sommes pas des êtres heureux, notre malheur n'est pas illusoire comme le bonheur dont nous nous persuadons chaque jour afin d'avoir seulement le courage de nous lever, de nous laver, de nous habiller, de boire la première gorgée, d'avaler le premier morceau de la journée.

Car tous les matins, nous sommes obligés de nous rappeler que nous sommes le fruit de la terrible démesure de nos parents, qui nous ont engendrés dans une véritable mégalomanie procréatrice, nous jetant dans ce monde toujours plus atroce et répugnant que réjouissant et utile. Nous devons notre désarroi à nos géniteurs, notre impuissance, toutes les difficultés auxquelles, jusqu'à la fin de nos jours, nous sommes incapables de faire face. D'abord on avait dit: ne bois pas cette eau, elle est empoisonnée, ensuite on avait dit: ne lis pas ce livre, il est empoisonné. Si tu bois de cette eau, tu en périras, disaient-ils, puis: si tu lis ce livre, tu en périras. Ils t'emmenaient dans des forêts, t'entreposaient dans d'obscures chambres d'enfant afin de te perturber, ils t'ont présenté à des personnes que tu as tout de suite reconnues comme tes annihilateurs. Ils t'ont montré des paysages qui ont été mortels pour toi. Ils t'ont jeté dans des écoles comme dans des cachots, ils ont fini par t'arracher ton âme pour la laisser dépérir dans leur bourbier, leur désolation. Ainsi très tôt ils ont fait perdre à ton cœur la cadence qui lui était propre, jusqu'à le rendre, irréversiblement comme disent les médecins, malade, parce qu'ils n'ont jamais voulu lui accorder un moment de répit, à ce cœur qui est le tien.

Ils t'ont vêtu d'habits verts lorsque tu voulais en mettre des rouges, d'habits d'été lorsqu'il aurait fallu ceux d'hiver, quand tu voulais marcher, ils t'obligeaient à courir, quand tu voulais courir, ils t'obligeaient à marcher, quand tu voulais la paix, ils ne te l'ont pas laissée, quand tu voulais crier, ils t'ont bâillonné. Tu les as toujours observés, aussi loin que tu puisses te souvenir, tu as perçu et étudié leur duplicité et tu leur as toujours répété qu'ils étaient condamnés, ce dont ils ne voulaient pas prendre conscience, même s'ils savaient pertinemment qu'ils étaient condamnés, pendant tout ce temps où je les ai observés, jusqu'à aujourd'hui. Qu'ils étaient, quoi qu'ils en disent, des êtres sans gêne, sans scrupule, extrêmement dangereux. Ils m'accusaient alors, en quelque sorte, de dire la vérité. Mais si je leur disais de temps en temps qu'ils étaient beaux, intelligents, ce qui était aussi la vérité, ils m'accusaient de mentir. De sorte que, tout au long de ma vie, ils m'ont tantôt reproché de dire la vérité, tantôt de mentir, et très souvent de dire la vérité et de mentir, m'accusant au fond, depuis que je suis né, de dire la vérité et le mensonge, tout comme moi, depuis que je suis né, les accuse de dire le mensonge et la vérité.

Je peux dire ce que je veux, ils me reprochent soit la vérité soit le mensonge, et souvent ils ne savent plus très bien eux-mêmes s'ils sont en train de m'accuser de la vérité ou du mensonge, tout comme moi-même souvent je ne sais plus si je suis en train de les accuser du mensonge ou de la vérité, parce que dans mon mécanisme accusatoire, qui entre-temps a dégénéré en véritable maladie accusatoire, je ne peux plus distinguer s'il s'agit de vérité ou de mensonge, pas plus qu'eux ne peuvent les distinguer chez moi. Si autrefois j'avais une peur mortelle en prenant un carré de sucre dans le sucrier de la salle à manger, j'ai aujourd'hui une peur mortelle de prendre un livre dans la bibliothèque, et une peur plus fatale encore si de surcroît il s'agit d'un livre philosophique, comme hier soir. J'ai toujours aimé Montaigne comme personne. Toujours je me suis réfugié auprès de mon Montaigne lorsque j'éprouvais cette peur mortelle. J'ai laissé Montaigne me guider et me conduire, me mener et me séduire. Montaigne a tou- jours été mon sauveur et mon secours. Quand

bien même j'ai fini par me défier des autres,
de ma pléthorique famille philosophique,
qu'en réalité je devrais plutôt qualifier de pléthorique famille philosophique française, qui
n'a jamais compté que quelques cousins et
cousines venus d'Allemagne ou d'Italie, rapidement disparus qui plus est, Montaigne est
toujours resté pour moi une sorte de refuge.

Je n'ai jamais eu ni père ni mère, mais j'ai
toujours eu mon Montaigne. Mes géniteurs,
que je ne saurais qualifier de père et de mère,
m'ont rejeté dès l'origine, et j'ai tôt fait de tirer
les conséquences de ce rejet, me réfugiant tout
droit dans les bras de mon Montaigne, voilà la
vérité. Montaigne, me suis-je toujours dit, est à
la tête d'une famille philosophique extraordi-
nairement prolifique, mais jamais je n'ai aimé
les membres de cette famille philosophique
autant que son chef, mon cher Montaigne.

Tout ce que je voulais, dans la bibliothèque
plongée dans l'obscurité pour ne pas attirer
les moustiques et sur mon chemin vers la tour,
c'était me raccrocher à l'un des membres de
cette famille philosophique française, après
m'être libéré de l'étreinte des miens ; mais
jamais je n'aurais pensé que même dans la
nuit la plus noire je serais capable de trouver
mon Montaigne d'une main si sûre. Les miens

avaient avalé leur soupe et leur viande avec l'avidité qui m'a toujours repoussé chez eux; leur façon de porter la cuillère à la bouche en dit plus long sur eux que tout le reste; leur façon de découper la viande, de servir la salade; leur façon de vider leurs verres et de rompre le pain, sans même parler de leur conversation, de leurs sujets de préoccupation ou de raillerie, tout cela m'a toujours empli de dégoût et de honte. J'ai toujours haï les repas en leur compagnie, mais tout au long de ma vie j'ai dû rester auprès d'eux, j'ai été livré à eux à cause de ma maladie.

Rarement j'ai pu faire plus de cent pas hors de leur présence, ce qu'il faudrait bien qualifier de traumatisant, si un tel terme ne me faisait horreur. Tout en eux et avec eux (et avec moi) devrait être qualifié de traumatisant, si je n'avais ce terme en horreur comme rien au monde. D'abord ils m'avaient rendu dépendant d'eux, puis ils m'avaient reproché cette dépendance, à perpétuité, et ce dès l'instant où je n'avais plus été capable de m'affranchir de cette dépendance vis-à-vis d'eux, qui m'était devenue naturelle, effroyablement naturelle. J'ai dû, à partir d'un certain moment, me rendre à l'évidence qu'avec eux il n'y avait pas d'autre possibilité.

Nous voulons fuir, nous échapper, mais nous ne le pouvons plus. Ils nous ont (et nous nous sommes) condamné toute porte de sortie. D'un seul coup, nous nous rendons compte qu'ils nous ont (et que nous nous sommes) enfermés entre quatre murs. Alors il ne nous reste plus qu'à attendre d'en étouffer. Nous pensons alors souvent qu'il vaudrait sans doute mieux être sourd et aveugle, en plus des autres infirmités qui nous paralysent, car alors nous ne verrions plus l'inexorable fatalité de ce qui nous entoure, nous n'entendrions plus rien ; mais en cela aussi nous nous fourvoyons. Nous avons toujours voulu guérir, là où nous ne pouvions plus espérer une guérison devenue impossible. Nous avons toujours voulu nous échapper alors qu'il n'était plus question de le faire.

Les miens avaient compris trop tard qu'ils n'avaient engendré nul autre que leur destructeur et annihilateur. Moi, je l'ai compris alors qu'il était trop tard pour pouvoir comprendre. Combien de fois ont-ils dit qu'ils me préféreraient un chien, car un chien veillerait sur eux et leur coûterait moins cher que moi, qui ne fais que les observer et les railler et les désagréger et les détruire et les anéantir.

Si tu vas au puits, nous te battrons à mort,

m'avaient-ils dit quand j'avais quatre ou cinq ans. Si tu vas dans la bibliothèque, tu verras bien ce qui t'arrivera, m'avaient-ils dit, ce qui ne voulait rien dire d'autre que, là aussi, ils me battraient à mort, de sorte qu'à l'âge de quatre ou cinq ans je ne suis allé au puits qu'en secret, et qu'à l'âge adulte je ne suis jamais allé, pour ainsi dire, que secrètement dans la bibliothèque. Ils m'avaient toujours fait comprendre qu'en m'approchant du puits je risquais de perdre l'équilibre et d'être précipité, comme on dit, irrémédiablement. Et ils m'avaient toujours fait comprendre aussi que dans la bibliothèque, et plus précisément au contact de certains livres, même s'ils ne les qualifiaient pas explicitement de philosophiques, j'allais perdre l'équilibre et être précipité, irrémédiablement. De même que la première fois, il y a quatre ou cinq ans, je ne suis allé dans la bibliothèque qu'en secret, transi de froid jusqu'au fond de mon âme, aujourd'hui encore, malgré les années, je ne vais dans la bibliothèque que secrètement, dans leur dos en quelque sorte.

J'ai chaque fois l'impression d'entrer dans un piège, parce qu'ils m'ont toujours dit ou fait comprendre que la bibliothèque était pour moi un piège (tout comme le puits). J'ai

quarante-deux ans et j'entre dans la bibliothèque comme dans un piège. Le piège va se
refermer, avaient-ils dit la première fois où
j'étais allé dans la bibliothèque. Chaque fois
que j'entre dans la bibliothèque, je me dis que
le piège va se refermer. J'aurais pu tomber sur
Descartes, me dis-je, ou sur Pascal. Mon Dieu,
me dis-je, comme j'aime tous ces philosophes,
je les aime comme rien au monde ! Mais je suis
tombé sur Montaigne, mon Montaigne que je
chéris par-dessus tout ! Je me suis assis dans
le coin le plus reculé de la tour, j'ai lu sans
m'arrêter et j'aurais pu pleurer de bonheur,
si je n'avais depuis longtemps anéanti en moi
la possibilité insensée d'un tel abandon mer-
veilleux en me disant : si, oubliant toute retenue, nous pleurons toutes les larmes de notre
corps, sans nous voir et nous examiner à cette
occasion, nous ne faisons que nous ridiculiser
davantage encore ; et donc je me suis contenté
de me voir pleurer toutes les larmes de mon
corps et de m'examiner à cette occasion, sans
réellement pleurer toutes les larmes de mon
corps.

Derrière les volets clos, j'ai lu mon
Montaigne de façon tout à fait décousue, car il
était très difficile de lire sans lumière, jusqu'à
la phrase : Espérons qu'il ne lui soit rien arrivé !

Cette phrase n'était pas de Montaigne, c'était ce que répétaient les miens, qui, au pied de la tour, allaient et venaient en me cherchant.

Retrouvailles

Alors que moi-même, dis-je, j'avais toujours parlé *trop fort*, surtout en prononçant le mot *épreuves*, il se caractérisait quant à lui par sa façon de toujours parler *trop bas*, ce qui avait sans cesse pesé sur nos relations, surtout lorsque, comme nous en avions l'habitude vers la fin de l'hiver, nous allions dans la forêt, tous les jours et, soulignai-je, sans détour, n'échangeant, d'un accord commun tout à fait naturel, pas la moindre parole ; nous avions pris l'habitude de marcher à un certain rythme, dis-je, qui correspondait au rythme de nos sentiments et de nos pensées, même si, à vrai dire, il correspondait davantage au rythme de *mes* sentiments et de *mes* pensées qu'au sien, rythme auquel correspondait à son tour un certain rythme de parole, surtout en haute montagne, où nous avions si souvent été avec nos parents, qui allaient à la montagne deux fois par an et nous ont toujours forcés à les accompagner à la montagne, alors que nous la détestions. Il avait toujours détesté la montagne autant que moi, lui dis-je, et, au début de notre relation, cette haine commune de la montagne était ce qui nous avait d'abord rapprochés, avant de nous lier l'un à l'autre pour des dizaines d'années. Déjà les préparatifs auxquels se livraient mes parents en vue de se rendre à la montagne nous avaient dressés contre eux et, partant, contre la montagne, contre l'air pur et contre la *paix* tant appelée de leurs vœux par nos parents, qu'ils croyaient trouver à la montagne, et uniquement là-bas, mais n'ont jamais pu trouver, comme nous le savons, ailleurs qu'*en eux-mêmes*; déjà leur façon de parler du prochain séjour en haute montagne, leur façon de préparer leurs affaires de haute montagne et de nous confronter à cette préparation d'affaires de haute montagne nous avaient dressés contre leur dessein, leur soif, oui leur frénésie de haute montagne. Tes parents avaient une passion pour la haute montagne encore beaucoup plus prononcée que les miens, dis-je, mais à nouveau d'une voix sans doute un peu trop forte pour lui, ce qui explique peut-être pourquoi il ne m'a rien répondu, sur quoi je poursuivis que ses parents avaient toujours mis des chaussettes en laine vert pomme, pas comme les miens, qui portaient des chaussettes en laine rouge vif, ses parents avaient toujours mis ces chaussettes en laine vert pomme afin de se fondre dans la nature, tandis que les miens mettaient toujours les chaussettes rouge vif afin d'être remarqués, ses parents avaient toujours martelé que c'était leur intention de ne pas se faire remarquer dans la nature, tandis que mes parents martelaient toujours que leur intention était de bien se faire remarquer dans la nature, ses parents avaient sans cesse répété, dis-je, qu'ils portaient ces chaussettes vert pomme pour ne pas être trop voyants, tandis que mes parents répétaient sans cesse qu'ils portaient leurs chaussettes rouge vif pour qu'on les voie bien au contraire, et ses parents défendaient leur choix de chaussettes vert pomme avec la même obstination que les miens leur choix de chaussettes rouge vif. Et à tout instant, continuai-je, nos parents rappelaient qu'ils avaient eux-mêmes tricoté ces chaussettes vert pomme et rouge vif, j'ai toujours vu ta mère en train de tricoter ces chaussettes vert pomme, dis-je, et les miens ces chaussettes rouge vif, comme si ma mère n'avait rien eu

d'autre en tête, à la tombée du jour, que de
tricoter ces chaussettes rouge vif, et la tienne
de tricoter ces chaussettes vert pomme. Et
pour aller avec ces chaussettes vert pomme,
dis-je, tes parents portaient toujours des bonnets vert pomme, et les miens des bonnets
rouge vif. Et c'est vrai, lui dis-je, qu'à ce
qu'il paraît on retrouve plus facilement des
personnes accidentées en haute montagne
lorsqu'elles portent des chaussettes et des
bonnets rouge vif, mais il ne me répondit pas.
Ses parents m'avaient toujours témoigné une
certaine méfiance, dis-je, ils ne m'avaient
ouvert qu'avec méfiance la porte de leur maison, et c'est précisément en raison de cette
méfiance que j'avais toujours ressenti une
vague appréhension quand je devais me
rendre chez eux, or réciproquement, lui dis-je,
mes parents lui avaient témoigné une
méfiance similaire, de sorte que ses parents
m'ont très souvent empêché de venir lui
rendre visite et qu'inversement les miens ont
empêché qu'il me rende visite, alors que je ne
souhaitais jamais rien plus ardemment qu'une
visite de sa part, car, continuai-je, je l'avais toujours, tout au long de mon enfance et même
bien au-delà, perçu comme mon sauveur, celui
qui venait me tirer du cachot familial dont je

subissais le fatal enfermement. Mais je savais bien, poursuivis-je, que lui aussi avait subi le même sort avec ses parents, que sa maison familiale avait été pour lui un cachot identique. Ce n'est pas par hasard que nous sommes toujours tombés d'accord pour désigner nos maisons familiales respectives par l'expression *la maison grise*. Tant que nous avons vécu chez nos parents, nous étions en réalité enfermés dans deux cachots, et lorsque l'un de nous croyait être enfermé dans le cachot le plus terrible des deux, l'autre avait tôt fait de le détromper en rapportant que le sien était bien plus terrible. Les maisons familiales sont toujours des cachots, rares sont ceux qui parviennent à s'en évader, lui dis-je, la majorité, c'est-à-dire quelque chose comme quatre-vingt-dix-huit pour cent, je pense, reste enfermée à vie dans ce cachot, où elle est minée jusqu'à l'anéantissement, jusqu'à mourir entre ses murs. Mais moi, je me suis évadé, lui dis-je, à l'âge de seize ans je me suis évadé de ce cachot, et depuis je suis en fuite. Ses parents m'avaient toujours prouvé à quel point les parents peuvent être cruels, tandis que, réciproquement, les miens lui avaient toujours prouvé à quel point les parents peuvent être atroces. Lorsque nous nous

retrouvions à mi-chemin entre nos maisons
parentales, lui dis-je, sur le banc à l'ombre de
l'if, je ne sais pas si tu t'en souviens, nous parlions chaque fois de nos cachots familiaux et
de l'impossibilité d'y échapper, nous échafau-
dions des plans, uniquement pour les rejeter
aussitôt comme totalement chimériques, sans
cesse nous évoquions le renforcement constant
du mécanisme répressif de nos parents, contre
lequel il n'y avait aucun remède. Mes parents
m'ont toujours reproché le simple fait d'exis-
ter, tout comme les tiens, lui dis-je, t'ont toujours fait le même reproche, sans cesse ils
m'ont accusé d'être *l'intrus* qui avait inhibé et
au bout du compte détruit leur vie de couple
et, partant, leur épanouissement humain tout
entier, tout comme les tiens t'ont toujours
reproché de les avoir détruits. Quand tu rentrais à la maison, tes parents ne te réservaient
rien d'autre que des menaces, tout comme les
miens ne m'accueillaient toujours que par des
menaces, le plus souvent celle, fatale, selon
laquelle j'allais finir par les tuer. Nous ne pouvions pas savoir qu'ils nous avaient conçus de
leur plein gré, dis-je, quand je l'ai su, il était
déjà trop tard pour m'en faire un rempart.
Mes parents ont essayé de me confiner peu à
peu à l'isolement, tout comme ils t'ont aussi,

peu à peu, confiné à l'isolement. Et les petites aérations dont nous disposions encore au début, ils nous les ont peu à peu murées. À la fin, nous n'avions plus d'air, dis-je. Les murs qu'ils ont érigés tout autour de nous étaient devenus de plus en plus épais, bientôt nous n'entendions plus rien à travers ces épais murs, qui empêchaient tout signe du monde extérieur de venir jusqu'à nous. Ta mère avait toujours les cheveux défaits, dis-je, alors que la mienne les portait toujours strictement tirés en arrière. Au fil du temps, elle m'assenait des choses de plus en plus incompréhensibles, complètement incompréhensibles même, poursuivis-je, mais quand je lui disais que je ne la comprenais pas, elle me punissait. Les relations que j'entretenais avec elle n'étaient plus fondées que sur un mécanisme punitif, de sorte qu'avec le temps je n'avais plus adopté envers elle qu'une attitude de soumission. Exactement comme toi, lui dis-je, qui ne t'es toujours présenté à ta mère que tête basse, dans la crainte perpétuelle de prendre un coup sur le crâne ou d'essuyer une parole mortifiante. Les dimanches, dont on disait toujours à quel point ils étaient paisibles, ç'avait toujours été l'enfer à la maison, continuai-je. Ouvrir l'œil le matin, c'était déjà

apercevoir l'enfer, dis-je, quand je me lavais,
j'avais peur de mal m'y prendre, de sorte que
le savon me glissait souvent des mains, et que
je rampais à terre pour le ramasser, tremblant
de tout mon corps. Je n'arrivais même pas à
me peigner, je n'avais pas le calme nécessaire.
En m'habillant je craignais en permanence
que la mère pût entrer et me gifler pour une
raison indéterminée, parce que j'avais trop ou
pas assez serré ma ceinture ou à cause d'un
bouton manquant sur ma chemise, à cause
d'un mauvais pli sur mon pantalon ou parce
que j'avais pleuré. Au moment du petit déjeu-
ner, c'était toujours un être déjà complètement
écœuré de l'existence, presque entièrement
détruit même, qui paraissait et s'asseyait à
table, la honte de la famille. Et d'ailleurs, pour
autant que c'était encore nécessaire, ils s'empressaient de me signifier expressément que
j'étais bien la honte de la famille, pourquoi
m'ont-ils donné un nom, me demandais-je
très souvent, alors qu'ils auraient pu directement me désigner comme la honte de la
famille, que j'ai toujours été et que je suis toujours resté. Et lorsque j'y repense, lui dis-je, je
vois que toi aussi tu as vécu peu ou prou la
même chose, peut-être en parlais-tu moins
que moi, certainement même, et pourtant tu

as traversé exactement la même épreuve, continuai-je, la situation chez vous était rigoureusement la même que chez nous, tu as été concerné exactement au même titre que moi. Je pense au mutisme de ma mère, lui dis-je, qu'elle a utilisé pour me blesser au plus profond de mon âme. Le mutisme était un de ses moyens de prédilection pour me blesser à mort. Par son silence, mon père avait toujours été le complice tacite de cette monstruosité, le spectateur passif de la façon dont ma mère me réduisait à néant. Et lorsque j'y repense, les choses se sont passées exactement de la même manière avec ta mère et ton père. Ils vivaient bien, dis-je, mais ils n'existaient qu'à travers ton anéantissement. Et tout en t'anéantissant au fil du temps, tes parents ont vécu assez confortablement dans leur maison, qui pour toi n'a rien été d'autre que le cachot dont tu n'as plus réussi à t'extraire tout au long de ta vie, car contrairement à moi, qui ai réussi à m'évader, tu ne t'es jamais évadé, car tu n'en avais pas la force. Ensuite ils remplissaient leurs sacs à dos, poursuivis-je, en se repaissant du mépris que je leur témoignais à cette occasion. Je haïssais tout ce qu'ils mettaient dans ces sacs à dos, les chaussettes de rechange, les bonnets de rechange comme ils disaient, les

saucissons, le pain, le beurre, le fromage, les
bandes de gaze, et cætera. Pour finir, mon
père glissait toujours une bible dans son sac,
dont il nous lisait des extraits au chalet.
Toujours les mêmes extraits, toujours sur le
même ton, je ne sais pas si tu te souviens. Et
nous devions écouter et n'avions le droit de
rien dire. Tout au long de ces séjours en haute
montagne, nous n'avons rien eu le droit de
dire. Lorsque nous disions quelque chose, nos
propos étaient perçus comme une impudence
et entraînaient inéluctablement une punition.
Il fallait alors que nous montions ou que nous
descendions plus vite, et parfois, lorsque notre
écart de langage, oui notre crime verbal avait
été trop grave, lorsqu'une de nos remarques
avait été jugée monstrueuse, nous ne rece-
vions rien à boire malgré notre soif, rien à
manger malgré notre faim. C'est surtout lors
de ces excursions en haute montagne que j'ai
ressenti le plus durement la sévérité de ma
mère, son inflexibilité. Mon père n'avait toujours été que le spectateur de sa sévérité et de
son inflexibilité, je me souviens que pas une
seule fois il n'est sorti de ce rôle d'observateur
en faisant à ma mère une remarque favorable
ou défavorable, encore moins une objection.
Ma mère était cruelle, lui dis-je, et mon père

était le spectateur de cette cruauté, et tes
parents ont été exactement pareils. Ton père
non plus ne disait rien quand ta mère te tour-
mentait par ses paroles et manquait te tuer à
coups de cravache. Les pères laissent les mères
se complaire dans leur folie destructrice et ne
bronchent pas. Nos parents ont été notre
mort, lui dis-je. Mais pour toi, tout a été encore
bien plus grave que pour moi, puisque j'ai
réussi à m'évader, à m'affranchir, tandis que
toi, tu ne t'es jamais affranchi, tu t'es certes
séparé de tes parents, qui ont été tes géniteurs
et tes jeteurs dans ce monde et tes persécuteurs, mais tu ne t'es jamais affranchi d'eux. Il
faut dire qu'à seize ans c'est déjà presque trop
tard, lui dis-je, on n'est alors plus qu'un être
humain détruit aux yeux du monde, qui nous
repère de loin et nous désigne en tant que tel.
Le monde est sans pitié lorsqu'il repère un tel
être qui a été détruit par ses parents. Je me
suis enfui, lui dis-je, je voulais partir le plus
loin possible, mais je me suis rapidement
effondré. Nous avons voulu nous évader tous
les deux, dis-je, mais moi seul en ai eu la force,
contrairement à toi. Il s'est avéré que le cachot
dans lequel t'ont jeté tes parents était ta peine
perpétuelle. Tu t'es alors contenté de rester
dans ta chambre, apathique, et de regarder

fixement les tableaux qu'ils y avaient accro-
chés, ces tableaux précieux et pourtant mortels. Tu t'es laissé enfermer dans cette
chambre, tu ne te déplaçais plus qu'avec tes
chaînes aux pieds, au bout du compte tu ne te
traînais plus que d'un repas à l'autre, voilà la
vérité. Pendant des décennies. Tu as trouvé un
arrangement avec tes geôliers. Ils t'ont appris
la façon dont il faut lire les livres, regarder les
tableaux, écouter la musique. Ils t'ont appris
la façon de lancer un cri dans la forêt pour
provoquer un écho, et tu n'as rien fait pour
t'en défendre. Voilà des décennies désormais
que tu regardes fixement des tableaux comme
tes parents te l'ont appris, d'un regard hébété,
que tu lis des livres avec la même hébétude et
écoutes de la musique avec la même hébétude
que celle que t'ont inculquée tes parents. Au
sujet de Goya, tu dis ce que tes parents ont
toujours dit à son sujet, tu lis Goethe exactement de la même façon que tes parents et tu
écoutes Mozart comme eux, avec la même
vilenie. Moi, en revanche, j'ai pris mon indé-
pendance, lui dis-je, car j'ai su saisir ma chance
au moment décisif, j'ai pu me libérer et désormais j'écoute Mozart de la façon dont je veux
l'écouter *moi*, contre mes parents, contre mes
annihilateurs donc, je vois Goya de la façon

dont je veux le voir *moi*, contre mes parents annihilateurs, je lis Goethe — pour autant que je le lis — de la façon dont je veux le lire *moi*. Juste avant de quitter la maison, ils fixaient sur leurs sacs à dos la cithare et la trompette, comme il se doit pour des personnes ayant la fibre artistique. Ce *comme il se doit pour des personnes ayant la fibre artistique*, ma mère le disait chaque fois, sa phrase me poursuivait jusque dans mon lit et toute la nuit, je n'arrivais plus à la sortir de ma tête. Elle jouait de la cithare parce que sa mère avait joué sur cette même cithare, mon père jouait de la trompette parce que son père avait joué sur cette même trompette. Et de même que son père, lorsqu'il allait en haute montagne, avait toujours dessiné, mon père dessinait lui aussi chaque fois qu'il allait en haute montagne et emmenait toujours un bloc à dessin dans son sac. *Comme Segantini*, disait-il chaque fois, *comme Hodler, comme Waldmüller.* Il se choisissait un éperon rocheux et s'y installait de façon à avoir le soleil dans le dos et à pouvoir dessiner. Pour finir, toutes les pièces de la maison avaient été constellées de ses dessins, nulle part il ne restait de place vide, des centaines, si ce n'est des milliers de vues de haute montagne emplissaient notre maison, afin de ne pas les voir il

fallait que je darde constamment les yeux vers
le sol, mais à la longue cela m'a rendu fou, lui
dis-je. Des centaines de fois il a dessiné ou
peint l'Ortler, comme il a dessiné ou peint les
Trois Cimes de Lavaredo ou le mont Blanc ou
le Cervin. *Les grands maîtres,* disait-il toujours,
*ne peignent ou ne dessinent jamais que la même
chose. Ils ne sont grands que précisément parce
qu'ils peignent ou dessinent toujours la même chose.*
Or ce que peignait mon père était immonde,
poursuivis-je. Le talent de son père, c'est-à-dire
de mon grand-père, s'était totalement étiolé
chez lui, ce qui ne l'a pas empêché d'engen-
drer une série monstrueusement prolifique de
dessins et d'aquarelles. Le plus terrible, continuai-je, c'était que beaucoup d'institutions
culturelles organisaient des expositions de ses
œuvres, et que les journaux ne disaient que du
bien de ses dessins et aquarelles, l'incitant par
là à une production plus importante encore.
Et de fait, son entourage a toujours peu ou
prou été persuadé qu'il était un artiste, certains ont même régulièrement répété à son
sujet qu'il était un grand artiste, jusqu'à ce
qu'il se persuade lui-même de ces balivernes
et de cette abjection, se complaisant dans cette
obsession dévastatrice. Pour documenter ce
qu'est le kitsch, il suffit, poursuivis-je, de jeter

un coup d'œil à quelques-unes des œuvres paternelles. *Ma maison est une exposition permanente de mon art,* disait le père, et toutes les deux ou trois semaines il épinglait ou collait aux murs d'autres dessins ou aquarelles, qui s'entassaient par milliers dans la cave. *Je suis le spécialiste de la haute montagne,* disait-il de lui-même, *je suis allé plus loin que Segantini, plus loin que Hodler, j'ai amplement dépassé leur art.* Même dans la cuisine, il avait accroché le plus grand nombre possible de ses dessins, persuadé que les émanations du lieu sublimaient encore son œuvre. Quand je laisse agir les vapeurs de cuisine sur mes œuvres pendant plusieurs semaines, disait-il, surtout en hiver et tout particulièrement à Noël, cela accentue encore considérablement leur charme. Et puis il ramassait des pierres, lui dis-je, souviens-toi. Il n'y avait rien à redire à cela, poursuivis-je, car effectivement toutes ces pierres présentaient des singularités, et d'ailleurs il les rapportait lui-même à la maison, où elles traînent encore aujourd'hui, par milliers. Or lorsqu'elles sont si nombreuses, en dépit de toutes leurs singularités, elles en deviennent insupportables. Toute une série de ces pierres avaient la forme d'un corps humain, conti-nuai-je, le plus souvent d'un corps féminin, il les trouvait la plupart du temps au fond des ruisseaux de l'Engadine, dans les Alpes suisses. Au sujet d'une pierre bien particulière parmi toute sa collection, il disait toujours qu'il était impossible de déterminer s'il s'agissait simplement d'une pierre polie par le passage de millions d'années ou, au contraire, d'une œuvre d'art primitive, *la nature n'est pas capable de modeler une telle poitrine,* répétait-il régulièrement en examinant la pierre à la lumière, *de sculpter un visage aussi expressif.* Je me souviens, lui dis-je, que mon père t'a aussi une fois montré cette pierre. *C'est une sculpture,* s'est-il exclamé, *une sculpture vieille de plusieurs millénaires, ce n'est pas un produit de la nature, mais une œuvre d'art.* Ils fermaient toujours tout à clé, poursuivis-je, tes parents comme les miens, alors que moi je préfère toujours tout laisser ouvert, je déteste les portes fermées à clé, où que je me trouve, je laisse toujours ma porte ouverte. Et ils rangeaient toujours tout, à peine avais-je déposé un objet quelque part qu'ils s'empressaient de le ranger, ce faisant ils ont systématiquement coupé court à toute manifestation humaine chez nous, ils ont toujours eu peur que, à cause de moi ou de ma sœur, la maison puisse commencer à vivre. D'emblée, ou en tout cas dans les plus brefs délais, ils s'efforçaient d'éliminer tout élément personnel, de sorte que notre maison fami-liale nous est toujours apparue comme quelque chose de mort. Le mot de *discipline*, qui était celui qui résonnait le plus souvent dans notre maison, a empêché tout épanouis-sement. Quand je rentrais à la maison, lui dis-je, tout était exactement comme lorsque je m'y étais réveillé le matin. La maison des morts, comme nous l'avions toujours appelée ma sœur et moi, perdurait dans son état d'origine. *Je ne laisserai rien proliférer ici*, disait toujours ma mère lorsqu'elle rangeait des vêtements qui avaient été déposés quelque part dans la maison, des chaussures, et cætera. Tu te sou-viens, lui dis-je, ces lourdes chaussures qu'ils nous mettaient aux pieds. Ces lourds cha-peaux qu'ils nous enfonçaient sur la tête. Ces lourdes pèlerines qu'ils nous faisaient porter. Tout au long de l'année, les stores de notre maison restaient fermés sur trois des quatre façades, ils n'étaient ouverts qu'aux endroits stratégiques pour les dessins et aquarelles de mon père. Et dans ta maison, lui dis-je, ils étaient tous fermés en permanence, été comme hiver, en été à cause des mouches et des moustiques, disaient-ils, et en hiver à cause du froid et des névralgies de ta mère, tu te

souviens? C'est pour cela que tu étais si pâle
tout au long de l'année, comme si tu souffrais,
lui dis-je, d'une maladie mortelle. Ce n'est que
lorsque nos parents nous emmenaient en
haute montagne que nos visages prenaient des
couleurs, sans brunir toutefois comme ceux
de nos parents, mais en devenant rouges.
Contrairement à nos parents, nous ne bron-
zions pas, nos visages rougissaient immédiatement et nos lèvres se gerçaient et, pendant
des semaines, nous ne trouvions plus le
sommeil à cause des coups de soleil. C'est
aussi pour cela que nos parents nous haïs-
saient, parce que nos visages ne bronzaient
pas harmonieusement comme les leurs mais
devenaient rouges et enflés. Nos yeux ont toujours atrocement souffert de la luminosité de
haute montagne, de sorte que pendant longtemps nous étions incapables de lire, tu te souviens? Nos yeux nous faisaient mal, et à l'école
nous prenions beaucoup de retard à cause de
ces yeux douloureux, et ce n'est là, parmi bien
d'autres, qu'une des conséquences désas-
treuses pour nous de ces virées en haute montagne en compagnie de nos parents. Au fond,
tout en nos parents nous a toujours été rude,
rude et brutal tout au long de la vie, alors
qu'ils auraient dû au contraire se montrer

délicats, protecteurs à notre égard. À tout instant la mère claquait une porte derrière elle,
le père traversait à grand bruit la maison avec
ses vieilles chaussures de randonnée. Deux
fois par an ils allaient à la montagne pour
trouver la paix, mais en réalité, où qu'ils se
rendissent, ils n'étaient porteurs que d'agitation, les vallées qu'ils parcouraient étaient
certes paisibles, mais uniquement jusqu'au
moment où ils y posaient le pied, paisibles les
bois jusqu'à ce qu'ils y entrent, paisibles les
sommets jusqu'à ce qu'ils les gravissent. Même
les chalets alpins, poursuivis-je, n'étaient paisibles que jusqu'à ce que mes parents en
poussent la porte. Et d'ailleurs, continuai-je, la
maison familiale était aussi la plus paisible qui
soit, mais uniquement quand les parents n'y
étaient pas, bien sûr. Des personnes comme
nos parents, lui dis-je, ne trouvent jamais la
paix, parce qu'ils *sont eux-mêmes tout sauf en
paix*, et qu'ils introduisent leur agitation où
qu'ils aillent et quoi qu'ils fassent. Ils
cherchent la paix mais naturellement ne la
trouvent pas, parce qu'ils sont le contraire de
la paix, ils s'ébranlent pour aller chercher un
endroit paisible et, dès qu'ils l'atteignent, le
transforment en endroit agité, transforment la
paix absolue en agitation absolue. Quelle paix

incroyable, s'exclament-ils en regardant tout autour d'eux, et en réalité ils ont déjà introduit en cet endroit la plus grande agitation. Lorsque le père disait qu'il voulait avoir la paix, c'était une phrase absurde. Tout comme lorsque le disait ma mère. Et aussi, finalement, quand je le disais moi, car tous les trois nous étions l'agitation incarnée, mes parents aussi loin que je me souvienne, et moi-même à cause de mes parents. Mes parents m'ont plongé dans l'agitation et plus jamais je ne trouverai la paix, lui dis-je, pas plus que toi tu ne trouveras la paix, car tes parents t'ont eux aussi plongé dans l'agitation. Car à l'origine l'être humain est la paix incarnée, dis-je, ce sont les parents qui l'en arrachent et font de lui un être agité, c'est le système parental qui au bout du compte se mue en système universel, auquel personne n'échappe. Par conséquent, lui dis-je, il n'existe par la force des choses aucun être humain en paix, tous sont dans l'agitation, et rechercher la paix relève de la folie. À intervalles réguliers, ils sombrent dans cette folie consistant à rechercher la paix, alors que la paix n'existe pas, dans la mesure où l'être humain est l'absence même de paix ; où qu'il aille, où qu'il n'aille pas, il ne peut que constater son absence. Lorsque nous cherchons la paix, c'est la plus grande des folies, lui dis-je. Sans cesse nous cherchons la paix et naturellement ne la trouvons pas, car nous sommes l'absence de paix incarnée. Ces excursions en haute montagne correspondaient à la méprise semestrielle des parents, qui croyaient qu'ils y trouveraient la paix. Là-haut dans le chalet. Là-haut sur les sommets. Mais, au contraire, ces excursions en haute montagne exacerbaient le trouble en chacun de nous. Comprends-tu, lui dis-je, c'est lorsque nous pensons accéder à la paix que nous accédons en réalité à la plus grande agitation. Naturellement les parents ne comprenaient pas cela, car tout au long de leur vie ils se sont bien gardés de réfléchir. Ils réprouvaient, mais ils ne réfléchissaient pas, ils confondaient en permanence la *réprobation* et la *réflexion*, et, tandis qu'il y a presque autant de réprobateurs que d'êtres humains sur terre, il n'y a presque personne qui réfléchisse. La méprise consistant à croire qu'il était possible de trouver la paix n'était qu'une des erreurs que commettaient et cultivaient mes parents, lui dis-je. Ils enfilaient leurs chaussettes rouge vif et coiffaient leurs bonnets rouge vif et allaient en quête de paix. Ils présumaient toujours que la paix se trouvait en

haute montagne, que ce soit en Suisse ou dans
le Tyrol italien, près de Merano, de l'Alpe de
Siusi, de l'Ortler, du mont Blanc, du Cervin
ou du Massif mort. Ils enfilaient leurs chaussettes rouge vif et coiffaient leurs bonnets
rouge vif et fixaient la cithare et la trompette à
leurs sacs à dos et allaient chercher la paix.
Mais ils ne la trouvaient pas. Et au bout du
compte, dis-je, c'est *moi* qu'ils blâmaient de ce
qu'ils ne l'avaient pas trouvée. C'est *moi* qui
leur avais fait obstacle, sur moi que retombait
la faute *originelle* qui me rendait responsable
de tout. C'étaient moi et ma sœur qui anéan-
tissions tous leurs projets. Après s'être copieu-
sement jeté à la figure pendant des mois la
phrase *je veux avoir la paix,* ils rassemblaient
leurs affaires et partaient en quête de paix. Ils
achetaient leurs billets de train, avec la paix
pour destination. Chaque fois, ils étaient persuadés qu'ils allaient trouver la paix dans une
vallée suisse ou dans un massif tyrolien. Ils
marchaient toujours plus vite, montaient toujours plus haut, tirant de leurs bagages la
corde et le piolet, la cithare et la trompette.
Mais ils ne trouvaient pas la paix. D'abord, ils
étaient toujours persuadés que rien n'était
plus facile que de trouver la paix, mais ensuite
ils étaient obligés de constater que c'était au

contraire la chose la plus difficile. Face à cet échec dans leur quête de paix, ils commençaient alors à me blâmer. D'abord avec quelque retenue, des scrupules les étreignaient à l'auberge, au moment de dépasser la lisière des arbres, mais soudainement, au bord de l'épuisement et confrontés à la plus profonde des déceptions, ils me tombaient dessus, moi la honte, moi le malheur originel, qui *même à la montagne ne les laissais pas en paix.* Et avec toi, lui dis-je, tes parents procédaient exactement de la même manière. Au fond, mes parents ne m'ont toujours emmené avec eux en haute montagne que dans l'unique but de me rendre responsable de leur quête de paix malheureuse, de la même façon qu'ils m'ont toujours considéré comme le responsable de toutes leurs peines et de tous leurs malheurs. Ils ne se tournaient vers moi que lorsqu'il s'agissait pour eux de déverser sur moi leur haine de tout ; alors, j'étais là, j'étais à leur disposition. C'est pourquoi il fallait que je les accompagne même sur les plus hauts sommets, lui dis-je, juste pour pouvoir être à la disposition de leurs projets les plus funestes ; ils n'hésitaient pas à me forcer, à coups de pied s'il le fallait, jusqu'au sommet de l'Ortler, juste pour pouvoir m'y rendre responsable de tous leurs malheurs. Et tes parents t'ont fait la même chose, lui dis-je. Ton père a déchargé toute sa colère sur toi au moment même où nous étions arrivés à peu près au niveau du glacier du Grossglockner, épuisés, complètement lessivés. Tu t'en souviens ? L'orage arrivait et c'était ma faute, une avalanche s'est déclenchée et c'était *moi*, disaient-ils, qui l'avais provoquée. Car le sommet de la montagne était aussi l'endroit où culminait la haine de nos parents contre nous, la haine contre leur progéniture ratée, comme disait souvent ma mère, contre *leur honte. Je veux avoir la paix,* disait mon père en empaquetant ses chaussures de randonnée et son bloc à dessin, tandis que ma mère remplissait son sac à dos et accordait sa cithare dans la cuisine, qui lui paraissait le lieu le plus approprié à cette fin, et ils m'invectivaient tous les deux car je faisais mes bagages trop lentement à leur goût ; je me souviens aussi qu'ils emportaient un livre abject, un recueil de poèmes de Novalis, et nous voilà déjà courant en toute hâte à la gare et prenant le train dans la nuit, afin d'être parés pour l'ascension dès les premières lueurs du jour. Avant même de commencer l'ascension, j'étais toujours épuisé, lui dis-je, tout comme toi, sans même parler de ma sœur. Nous devions marcher en silence, sans renâcler. À un moment, le père se détachait du groupe, parce qu'il était le plus costaud, il avait toujours de l'avance sur nous, il était toujours le premier au sommet. Ma mère n'était plus qu'amertume. Ma sœur sanglotait, mais rien à faire. Le père déterminait l'itinéraire. La mère le suivait sans un mot, je me souviens encore exactement du bruit que faisaient les cordes de la cithare accrochée à son sac à dos. *Je veux avoir la paix,* cette phrase, même si personne ne la disait à haute voix, se répétait sans cesse, impossible de me la sortir du crâne, j'entendais en permanence résonner en moi la phrase paternelle *je veux avoir la paix.* À grandes enjambées, le père nous laissait loin derrière, comme pour exaucer sa phrase *je veux avoir la paix,* mais il était impossible d'exaucer cette phrase, elle revenait sans cesse à la charge. Elle nous poursuivait encore lorsque nous approchions du but, elle restait omniprésente même lorsque nous avions atteint le sommet et regardions, épuisés, le paysage que nous dominions désormais. Jamais le monde ne m'a paru plus menaçant et blessant que vu du haut d'une cime. Mon père avait beau répéter plusieurs fois *quelle paix ici au sommet, quelle paix majestueuse,* au fond de lui il ressentait une agitation insupportable, car là où l'on escompte la paix totale et absolue règne en réalité l'absence de paix la plus totale et la plus absolue, et il se mortifiait plusieurs fois en déclarant qu'il avait atteint le summum de la paix, nous tous avions atteint le summum de la paix, affirmait-il, et il nous demandait si nous avions bien conscience d'avoir atteint la paix la plus totale et absolue, il exhortait sans cesse ma mère à reconnaître que nous avions atteint la paix absolue et totale, *quel calme, quelle tranquillité*, disait-elle alors, *il règne vraiment ici une paix suprême.* Et comme je n'avais pas spontanément partagé l'opinion de mes parents, lui dis-je, ils me sommaient de déclarer qu'ici, tout en haut des cimes, régnait une paix suprême, de sorte que, pour échapper à leurs menaces, je m'empressais de répéter qu'ici, sur les sommets, régnait une paix suprême et absolue. Si je ne l'avais pas dit, si j'avais dit la vérité, c'est-à-dire que régnait ici la plus grande absence de paix, l'agitation la plus totale, ils m'auraient attaqué de la plus violente des manières, lui dis-je. Mais si je répétais alors, à plusieurs reprises, les mots *paix suprême et absolue*, ils finissaient par s'en contenter. Comme nous nous étions accroupis dans un coin protégé du vent, ma mère pouvait détacher la cithare de son sac à dos et commencer à en jouer. Elle avait toujours mal joué de la cithare, contrairement à ma grand-mère, qui en jouait mieux que quiconque, de sorte que les notes qui résonnaient là-haut sur les sommets étaient tout simplement catastrophiques, lui dis-je. Le père lui intimait alors de cesser de jouer de la cithare, sur quoi il détachait la trompette de son sac à dos et commençait à souffler dedans. Or le vent entrechoquait chaotiquement les sons qu'il tirait de sa trompette, gâchant rapidement son plaisir. Il coinçait alors son instrument entre deux roches et demandait à ma mère de lui couper deux grandes tranches de pain, sur lesquelles il déposait lui-même plusieurs tranches de jambon. Ils me donnaient à manger aussi, mais je n'arrivais pas à avaler la moindre bouchée, comme on dit. *Quelle paix,* répétait de nouveau mon père. Le vent tournait à la tempête, poursuivis-je, et nous craignions de geler sur place. Nous nous glissions alors dans un renfoncement rocheux et regardions au-dehors. La tempête était bon signe, disait mon père. Oui, confirmait ma mère. L'ascension avait duré huit heures. Les parents se pressaient l'un contre l'autre dans le renfoncement rocheux, tremblant de tous leurs membres. La tempête se déchaînait tellement que j'entendais à peine mon père qui répétait : *quelle paix incroyable.* Lui aussi était complètement épuisé, tout comme la mère. Pour ma part, la seule chose dont je suis sûr, c'est que j'ignorais totalement comment j'avais été capable d'emboîter le pas à mes parents. Ils enlevaient leurs chaussures de randonnée, étendaient leurs jambes et leurs pieds et se massaient mutuellement les orteils. Je me sentais comme dans un cauchemar, lui dis-je. C'est pour cela que, depuis, je voue une telle haine à l'Ortler. Or, tous les deux ou trois ans, il fallait que notre destination soit l'Ortler, lui dis-je, je ne sais pas pourquoi. Et tes parents aussi t'ont emmené en haut de l'Ortler au moins une fois tous les deux ans. Et à ton retour, tu en étais quitte pour te sentir épuisé pendant plusieurs mois, tu prenais du retard à l'école, tu te souviens ? Mes parents ne se sont jamais retirés avec un livre pour le lire, contrairement à ce qu'ils prétendaient, enchaînai-je, cela n'a toujours été qu'un prétexte pour se soustraire à nous. Et tes parents ont fait exactement la même chose. *Laissez-nous en paix,* cette phrase n'a jamais eu d'autre but que de nous éloigner, afin qu'ils puissent se disputer sans témoins, s'étriller, comme le disait souvent ma mère avec justesse. Le père allait cher-

cher la paix dans sa chambre, uniquement
pour s'y retrouver dans un état d'agitation
redoublé, et pareil pour la mère. Lorsque le
père allait dans le jardin pour avoir la paix, il
ne faisait, en creusant, bêchant et tron-
çonnant, qu'exacerber davantage son agitation, idem quand il allait en ville, quelle que
soit sa destination, continuai-je. Et pareil pour
la mère, qui voulait tout le temps avoir la paix
et sombrait dans une agitation de plus en plus
intense, jusqu'à se mettre à faire ses bagages
pour la montagne, parce qu'elle avait vu que
le père avait commencé à faire les siens. La
seule question qui restait à trancher alors,
c'était de choisir entre la Suisse et le Tyrol italien. Lorsqu'ils allaient en Suisse, c'était en
plastronnant, alors que, lorsqu'ils choisissaient
le Tyrol italien, c'était par sournoiserie, par
sentimentalité mesquine. D'ailleurs tes parents
sont toujours allés à la montagne en compagnie des miens, lui dis-je, c'était toujours tes
parents qui se joignaient aux miens, jamais
l'inverse, lui dis-je, et pour notre part, nous
n'avions d'autre choix que de les accompagner dans leur expédition. Et au lieu de
revenir reposés, nos parents sont toujours
revenus complètement épuisés de leur périple
dans les Alpes suisses ou italiennes, lui dis-je,

et nous-mêmes revenions complètement exté-
nués, incapables de répondre à la moindre
sollicitation durant des mois, mortellement
malades. La plus durement touchée était ma
sœur, dis-je, car elle a toujours été la plus fragile de nous tous, incapable de se défendre et
d'opposer la moindre résistance. Le fait
qu'elle soit morte à vingt et un ans n'a rigoureusement rien d'étonnant, dis-je, c'est les
parents qui l'ont tuée, elle n'a pas pu, contrairement à moi, se soustraire à leurs desseins
meurtriers. Les parents engendrent des
enfants et consacrent toute leur énergie à les
détruire, lui dis-je, mes parents exactement
comme les tiens et comme tous les parents du
monde. Les parents se paient le luxe de faire
des enfants et les tuent ensuite. Et à cette fin,
ils disposent de méthodes variées, celles qui
leur conviennent le mieux. Nos parents nous
ont détruits en nous reprochant sans cesse
d'être responsables de leur agitation et, en fin
de compte, de tous leurs maux. Nos parents
nous ont déclarés *coupables de tout*, voilà la
vérité. C'est même à se demander, dis-je, si nos
parents ne nous ont pas conçus pour une
seule et unique raison, celle de porter leur
culpabilité, si ça se trouve nous n'avons rien
été d'autre et ne serons jamais rien d'autre

dans la vie que les porteurs de leur culpabilité,
dont ils nous rejettent la responsabilité, nos
parents nous ont engendrés dans l'unique but
de décharger sur nous leur culpabilité et de
nous en faire porter le chapeau, dis-je. Quand
le père était de mauvaise humeur, c'était toujours ma faute, quand ma mère était énervée,
j'en étais toujours la cause. Lorsque l'air de la
maison était vicié, c'était ma faute. Lorsque
quelqu'un avait oublié de fermer à clé la porte
de la maison durant la nuit, c'était ma faute,
alors que je savais pertinemment que c'était
impossible. *Allez-vous enfin me laisser en paix!*
s'était souvent exclamé mon père devant ma
sœur et moi, mais ensuite ils nous emmenaient
à la montagne au lieu d'y aller tout seuls, sans
doute de nouveau dans l'unique but de pouvoir décharger toute leur culpabilité sur nous.
Lorsque nous arrivions trop tard à l'auberge
ou au chalet, c'était notre faute, tu te souviens? lui dis-je, quand le pain avait pris l'eau
dans le sac à dos, c'était toujours ma faute. Et
on pourrait multiplier à l'infini les exemples,
lui dis-je, qui illustrent toute l'atrocité des relations entre eux et moi, entre ma sœur et moi
et mes parents. Lorsque les moustiques avaient
assailli mon père durant la nuit, il m'accusait
d'avoir été dans sa chambre et d'avoir allumé

la lumière alors que les fenêtres étaient ouvertes, ce qui naturellement était non seulement strictement interdit, mais contraire au simple bon sens. Et exactement comme les tiens, lui dis-je, mes parents m'ont toujours traité d'hypocondriaque au sujet de ma maladie, de charlatan au sujet de mes exercices de lecture, puis, plus tard, de mes premières tentatives pour écrire, tu te souviens? Tant de choses m'apparaissent clairement désormais, qui avaient complètement disparu de ma mémoire pendant des décennies. Surtout ces choses terribles, effroyables, qu'on n'ose plus évoquer parce que ceux qui les ont causées sont morts depuis longtemps. Mais tout à coup, j'ose dire toutes ces choses terribles et effroyables, c'est même assez facile. Et d'ailleurs, elles sont encore bien plus terribles et effroyables que ça. Ce n'était que lorsque nous revenions de haute montagne que m'attendait la véritable punition pour mon *comportement en haute montagne*. Pareil pour toi, lui dis-je. Je m'en souviens exactement. Ils me reprochaient alors mon comportement abject en Suisse, dans l'Engadine, ou sur l'Ortler, dans le Tyrol italien, ils faisaient le décompte complet de tous mes manquements et élaboraient des châtiments sophistiqués. Je n'avais pas

regardé suffisamment loin et suffisamment
longtemps les beaux paysages qui s'offraient à
moi, me reprochaient-ils, je m'étais opposé à
leurs injonctions, en dormant le jour et non la
nuit comme il se doit, disait souvent mon
père. J'entretenais une relation faussée à la
nature, je n'avais aucun sens pour la splen-
deur de la Création, aucune oreille pour le
chant des oiseaux, le clapotis des ruisseaux, le
murmure du vent, aucune déférence pour ce
que je voyais. Alors ils restreignaient mes repas
et supprimaient délibérément mes plats préfé-
rés des menus quotidiens. Je ne pouvais plus
sortir pendant des semaines et étais obligé de
porter les habits que je détestais le plus. Et tu
as subi exactement la même chose lorsque tu
revenais de haute montagne avec tes parents,
lui dis-je. Mon père étalait ses dessins et ses
aquarelles partout dans sa chambre, et je
devais dire au sujet de chacune de ces aquarelles et de chacun de ces dessins ce qu'ils
représentaient et qu'ils étaient les meilleurs.
Quand je me trompais, quand j'étais incapable, en dépit de tous mes efforts, de me rappeler quel était le *motif naturel* correspondant
à telle ou telle œuvre, il se fâchait. Ton père te
lisait les poèmes qu'il avait écrits durant ces
excursions en haute montagne, lui dis-je, mais

tu n'écoutais pas et, même quand tu écoutais, ces poèmes ne t'inspiraient rien, et ton père te punissait pour cela. Ton père a publié trois recueils de poèmes, et le mien a organisé un nombre incalculable d'expositions de dessins et d'aquarelles, nos deux pères pensaient trouver leur échappatoire de cette manière, en fournissant un minimum d'efforts, ils pensaient que leur salut résidait dans *l'art du promeneur,* mais en cela naturellement ils se trompaient. Au contraire, en organisant ces expositions de dessins et d'aquarelles et en écrivant et publiant ces poèmes, ils faisaient éclater au grand jour leur vilenie. Et cette vilenie, ils en étaient fiers, lui dis-je, et ils en sont toujours fiers aujourd'hui, alors qu'ils sont morts depuis des lustres. Lorsque mon père ratait un dessin, il rejetait la faute sur moi, il prétendait que je lui avais caché la lumière, ou que j'avais, comme il disait, ruiné son inspiration en lui adressant la parole. D'ailleurs j'étais nul autre, disait-il, que celui qui avait ruiné l'ensemble de sa carrière d'artiste. Au fond, tout fils ne vit que *pour ruiner l'artiste qu'est son père,* m'a-t-il dit un jour, tu te souviens ? Il peignait moins bien qu'il ne dessinait, continuai-je, il peignait et dessinait à peu près comme ma mère jouait de la cithare,

c'est-à-dire mal, ce qui ne l'empêchait pas
d'évoquer en toutes circonstances son parcours artistique, et même de temps à autre la
famille d'artistes à laquelle il appartenait,
c'est-à-dire la nôtre. Exactement comme
quand ton père se qualifiait de poète, alors
que ses poèmes, comme tu le sais bien,
n'étaient que des imbécillités rimées qui ne
méritaient nullement ce nom. Une fois reliés
et disponibles en librairie, ces poèmes parais-
saient encore beaucoup plus vils que lorsqu'ils
se trouvaient chez lui, sur son bureau, lui
dis-je. Et tant que mon père était en vie, je n'ai
pas écrit une ligne, lui dis-je. Ce n'est qu'après
sa mort que j'ai tenté une esquisse au sujet de
son masque mortuaire, lui dis-je. Elle était
réussie. Mais après je ne suis arrivé à rien pendant des années, je ne produisais que des
choses ineptes, bancales, caduques, bonnes à
jeter. Et toi, ce n'est que lorsque ton père est
mort que tu as quitté la maison, lui dis-je, tu as
heurté de front ta mère, ce fut là en quelque
sorte ton seul grand coup d'éclat. Tu t'es
soustrait à elle, mais tu en souffres encore
aujourd'hui. Alors que moi, je n'ai jamais souffert du fait de m'être dégagé de mes parents,
ils m'avaient, durant tout le temps où je me
trouvais sous leur autorité, mortellement

abîmé, lui dis-je, je n'ai jamais eu la moindre
raison d'avoir mauvaise conscience vis-à-vis
d'eux, contrairement à toi. Toute la différence
est là, lui dis-je. Dans le fait que je me suis
évadé du cachot, et pas toi. Dans le fait que je
les ai heurtés de front dès l'âge de seize ans,
alors que toi tu as attendu d'être vieux pour le
faire. Voilà la vérité. Car, avec tes cinquante-
deux ans, tu n'es rien d'autre qu'un vieillard.
Un vieillard aigri, rien de plus. Le monde t'a
laissé de côté, lui dis-je, il t'a foulé aux pieds et
t'est passé sur le corps. Tu ne ressembles à
rien, lui dis-je. Tu portes toujours le manteau
de ton père, à ce que je vois, et pas seulement
au sens propre, ce vieux pardessus élimé d'il y
a quarante ans, mais aussi au sens figuré, tu
portes sur toi ce qu'on appelle la chape paternelle. Tu as étouffé sous cette chape paternelle. Et ce sous les yeux de ta mère, qui n'a
rien trouvé à y redire, qui ne s'est toujours
contentée que d'observer, avec la plus grande
attention, ton lent délabrement sous le poids
de la chape paternelle. Car il ne fait aucun
doute que tu es quelqu'un de délabré, lui
dis-je. Mais probablement tu n'as jamais eu,
contrairement à moi, l'occasion de pouvoir
t'évader, de heurter de front tes parents, tu as
dû attendre la mort de ton père pour que tes

yeux se dessillent également vis-à-vis de ta mère, pour te rendre compte qu'elle a joué pour toi le même rôle destructeur que ton père. Ce que tu me racontes de ses souffrances ne fait que me rebuter, lui dis-je. La fausse sentimentalité ne fait toujours que me rebuter, et ce que tu dis à son sujet ne relève toujours que d'une fausse sentimentalité, comme tout ce que tu as jamais dit, d'ailleurs. Tu ne t'es jamais évadé de l'hypocrite cachot sentimental de tes parents. Tout ce que tu dis est faux et hypocrite, c'est cette fausseté et cette hypocrisie qui te confèrent cette allure voûtée dans ton manteau paternel, lui dis-je. Jamais je n'aurais porté un vêtement ayant appartenu à mon père, lui dis-je, jamais, alors que toi tu portes encore, à cinquante-deux ans, le manteau miteux de ton père. Depuis longtemps tu aurais dû te rendre compte qu'il ne faut jamais se glisser dans les habits de ses parents. Mais toi tu as enfilé sans réfléchir le manteau de ton père et tu t'y recroquevilles. Tes jérémiades me rebutent, lui dis-je. L'enfance me dégoûte. Surtout toutes ces choses liées à l'enfance qui remontent toujours à la surface devant le grand tribunal de la vie. Tout cela est rebutant, lui dis-je. Et penser à nos parents à nous est particulièrement rebutant. Ces gens-là ne méritent la paix à aucun titre, lui dis-je. Et d'ailleurs ils ne l'ont jamais trouvée. *Je veux avoir la paix*: cette phrase, prononcée par mon père (et par le tien), n'a jamais été rien d'autre que de la perversité pure. Je suis persuadé, lui dis-je, que lorsque tu es tout seul chez toi, dans ta maison qui est toujours la même maison familiale, mettons aux premières lueurs de l'aube, tu enfiles les chaussettes vert pomme de ton père et imagines, assis sur le rebord du lit, que tu es sur le point de partir pour escalader le Cervin. Et alors tu coiffes aussi, j'en suis sûr, le bonnet vert pomme qu'a tricoté ta mère, elle en a tricoté des dizaines, tout comme ma mère en a tricoté des dizaines, mais en rouge vif. Rouge vif, car ainsi on les repère bien en cas d'accident, n'est-ce pas, lui dis-je, ou vert pomme, pour que ceux qui les portent passent inaperçus. Quelle scène impudique, lui dis-je, je te vois assis au bord du lit, tirant la langue, avec tes chaussettes de haute montagne vert pomme et ton bonnet de haute montagne vert pomme, et tu t'imagines que tu vas gravir le Cervin, ou, plus délicat encore, l'Ortler. Tu joues avec le Cervin à ta manière, lui dis-je, avec l'Ortler, peut-être même avec la complicité de ta mère. J'imagine que cela ne pourrait que la ravir. Et une fois au sommet, vous ne vous lancez à la figure que des reproches. Tu es issu de la famille aux chaussettes et aux bonnets vert pomme, et moi de la famille aux chaussettes et aux bonnets rouge vif, lui dis-je. Quand mes parents sont morts, j'ai trouvé un grand coffre et deux commodes entièrement remplis de centaines de bonnets de haute montagne rouge vif, ils ne contenaient rien d'autre. Tout cela tricoté par ma mère. Les parents auraient eu de quoi partir et repartir pendant mille ans en haute montagne avec ce stock de bonnets et de chaussettes rouge vif. J'ai brûlé toutes ces chaussettes et tous ces bonnets rouge vif, lui dis-je. J'ai coiffé la tête de ma mère de l'un de ces innombrables bonnets de haute montagne rouge vif et j'ai brûlé tous les autres, en riant, en riant à gorge déployée. Ta mère a certainement tricoté autant de bonnets et de chaussettes que la mienne, mais tu n'as pas encore eu le courage de les chercher, ces bonnets et ces chaussettes vert pomme, pourtant il te suffirait sûrement d'ouvrir l'un ou l'autre tiroir dans ta maison, tu en trouverais par centaines. Pendant des dizaines d'années, nos mères ont tricoté ces bonnets et ces chaussettes. Tu te souviens pourtant, qu'elles ont sans cesse tricoté ces bonnets et ces chaussettes, dis-moi que tu t'en souviens? Chaque fois que j'ai été chez vous, je suis toujours tombé sur ta mère en train de tricoter ces chaussettes et ces bonnets vert pomme, ils doivent bien être quelque part. Des centaines de bonnets vert pomme et de chaussettes vert pomme, lui dis-je, tout au long de la vie. Je n'ai jamais vu ta mère faire autre chose que tricoter ces bonnets et ces chaussettes vert pomme, tu te souviens, lui dis-je. Il répondit alors qu'il ne se souvenait pas. Il avait pris le train de six heures et avait raté sa correspondance, ici à Schwarzach-Sankt Veit. Il était trempé, me dit-il, je l'examinai attentivement et m'aperçus qu'il était effectivement trempé. Nous ne nous sommes pas vus depuis vingt ans, lui dis-je, pourtant je me souviens encore exactement de la façon dont tu prononçais le mot *épreuves*. Et je me souviens que je parlais toujours plus fort que toi, lui dis-je. Nous ne parlions pas beaucoup, mais je parlais toujours plus fort que toi. Je lui dis de se lever et de m'accompagner au buffet de la gare, où il faisait sûrement meilleur. Non, dit-il, il ne le souhaitait pas, il voulait attendre l'arrivée de son train assis sur ce banc. Je lui dis que la première chose que j'avais reconnue chez lui, c'était le manteau de son père, qui m'était familier. Tu te souviens quand nous avons passé la nuit à Flims, dans les Grisons? lui dis-je. Il secoua la tête. Tu ne te souviens pas? lui demandai-je. Non, dit-il, avant de poursuivre d'une voix très calme et très faible : *Je ne me souviens de rien du tout.*

Parti en fumée
Carnet de voyage
pour un ami d'autrefois

Comme vous savez, je suis en fuite depuis déjà plus de quatre mois, non en direction du sud, comme je vous l'avais d'abord laissé entendre, mais du nord, en fin de compte ce n'est pas la chaleur qui m'a attiré, mais le froid, pas l'*architecture*, mon cher architecte et bâtisseur, mais la *nature*, et plus singulièrement cette *nature nordique* très particulière dont je vous ai si souvent parlé, cette *nature subpolaire*, comme on dit, au sujet de laquelle j'avais écrit un ouvrage il y a trente ans déjà, l'un de ces ouvrages clandestins, de ces ouvrages cachés qui ne sont pas destinés à être publiés, seulement à être détruits, puisque désormais j'envisage de nouveau de continuer à vivre, non seulement de prolonger mon existence, cher architecte, cher bâtisseur, cher charlatan des surfaces, mais de poursuivre mon chemin de la façon la plus débridée qui soit. Je compte donc, en quelque sorte, marquer secrètement mon époque, subrepticement si l'on peut dire, mon cher monsieur. D'abord j'avais pensé que je ne vous écrirais plus jamais, en aucune circonstance, dans la mesure où notre relation me paraît, depuis tant d'années déjà, complètement et irrémédiablement épuisée, surtout sur un plan intellectuel, j'avais prévu de ne plus jamais entrer en contact avec vous, et donc de ne plus jamais vous envoyer la moindre ligne, chaque ligne supplémentaire à votre intention m'apparaît depuis si long-temps déjà comme une ineptie totale, adres-sée à un homme qui, jadis, a été, pendant des dizaines d'années, un ami, un compagnon de route intellectuel, mais qui s'est finalement mué, au cours des décennies suivantes, en ennemi, de mes pensées et de mon mode de pensée tout entier, en ennemi de mon exis-tence même, qui n'est au bout du compte qu'une existence tout intellectuelle. Je vous avais écrit plusieurs lettres, à Vienne et à Madrid, puis à Budapest et à Palerme, je les avais cachetées et même timbrées, mais je ne les avais pas envoyées, pour ne pas sacrifier à une faute de goût impardonnable. J'ai détruit ces lettres et me suis juré de ne plus jamais vous écrire une ligne, à vous comme à tous les autres. Je ne me suis plus autorisé la moindre correspondance. J'ai donc parcouru l'Europe et l'Amérique du Nord durant plusieurs années, peut-être dans une sorte d'*inutile folie*, comme vous diriez, sans contacts, sans correspondance, parce que mon désir de communiquer s'était étiolé, à force de le réprimer en moi depuis tant d'années. Je suis, pour ainsi dire, *retourné en moi-même* et ne faisais *plus rien pour en sortir*. Mais je ne peux pas dire que cette période ait été inféconde pour moi. En un mot, j'ai écrit plusieurs articles pour le *Times*, qui naturellement n'ont pas été publiés, parce que je ne les ai pas envoyés au *Times*, après avoir échoué à Oslo, dans tous les sens du terme. Oslo est une ville ennuyeuse, les gens y sont dénués d'esprit et totalement inintéressants, comme probablement l'ensemble des Norvégiens, ce dont j'ai toutefois fait l'expérience beaucoup plus tard, après être parvenu à la hauteur de Mourmansk. La seule chose que j'ai découverte en Norvège, c'est une race de chiens totalement inconnue en Europe centrale, le *schaufler*, à part ça la nourriture est mauvaise et le sens artistique des Norvégiens absolument déplorable. C'est un pays strictement dépourvu de tout esprit philosophique, où la moindre pensée est condamnée à se racornir dans les plus brefs délais. J'ai tenté ma chance dans une maison de retraite de Mosjøen, une petite ville remplie de pauvres gens, qui trompent leur ennui en jouant du piano ; apparemment une famille de Mosjøen sur deux possède un piano, j'en ai moi-même fait la douloureuse expérience dans une maison où j'ai passé — je devrais plutôt dire où j'ai *survécu* à — la première nuit, il y avait là un piano à queue Bösendorfer tellement désaccordé que même la musique la plus galvaudée, par exemple celle de Schubert, devenait intéressante lorsqu'on la jouait dessus ; avec leurs pianos désaccordés, les gens de Mosjøen ont réussi, plus ou moins spontanément, à se procurer, me semble-t-il, un aperçu de ce qu'on appelle la *musique contemporaine*, même si naturellement ils n'ont aucune idée de quoi il s'agit au juste. Or ce ne sont pas mes expériences de voyage norvégiennes — qui m'ont privé de presque tout espoir quant à un futur possible et se sont réduites à un simple décompte de bonnets de fourrure, de pantoufles et de bottes de feutre, et, comme j'ai déjà dit, à la découverte de la façon la plus perverse qui soit de jouer du piano — qui me poussent à vous écrire ces lignes. J'ai fait un rêve, et comme je sais que

vous les collectionnez, je ne vais pas vous priver de ce rêve que j'ai fait à Rotterdam, car je
suis, comme vous savez, un défenseur et un
partisan inconditionnel des sciences et particulièrement de la vôtre, de sorte que je vais
m'efforcer de faire abstraction du refroi-
dissement total de nos relations et vous narrer
ce rêve que j'ai fait à Rotterdam, après avoir
quitté Oslo, m'être arrêté quelque temps à
Lübeck, à Kiel et à Hambourg, et avoir fait
étape aussi durant quelques semaines dans
l'atroce ville de Bruges, où tout comme en
Norvège j'ai tenté ma chance en tant qu'aide-
soignant, mais cette fois-ci *pour aliénés*, un rêve
donc que non seulement j'ai fait mais *dont je
me suis souvenu*, car, comme vous savez, j'ai
beau faire des rêves toutes les nuits, je n'arrive
pas d'ordinaire à me les rappeler. Que les
rêves que j'ai faits et dont je me souviens sont
rares ! Comme vous savez, j'ai fui l'Autriche
depuis bon nombre d'années à la recherche
d'*un endroit meilleur que l'Autriche* et ne sou-
haite à aucun prix y retourner, voilà mon état
d'esprit, à moins bien sûr qu'on ne m'y
contraigne par la force. C'est pourquoi je
voyage, ou plutôt erre depuis plusieurs années
à travers l'Europe, mais aussi, comme vous
savez, à travers l'Amérique du Nord, dans

l'intention de trouver un endroit où je puisse réaliser mes projets, et plus précisément mes projets philosophico-existentiels, dont je vous ai si souvent et si longtemps parlé, jusqu'à vous insupporter, notamment dans le Tyrol italien, et tout particulièrement sur le plateau du Renon. Je voulais à tout prix éviter de devenir une cervelle oxfordienne ou cambridgienne ; efforce-toi de te tenir à distance de toute université, quelle qu'elle soit, me suis-je sans cesse répété au cours des dernières années, et, comme vous savez, je me refuse depuis des années à tout livre au contenu universitaire, j'évite la philosophie autant que faire se peut, la littérature idem, pareil pour toutes les lectures d'ailleurs, par peur que ces lectures justement me rendent fou à lier et finissent par me tuer à petit feu ; d'où d'ailleurs mes difficultés à me déplacer en Europe et en Amérique du Nord. J'ai toujours eu une peur insigne de l'Asie, et d'ailleurs mon voyage en Inde s'était achevé sur un fiasco total, comme vous savez, dans la mesure où, comme vous savez, je suis d'une constitution fragile. Et l'Amérique latine est devenue très à la mode, ce qui me répugne, toute l'Europe s'y précipite et s'y immisce sous couvert de solidarité sociale et socialiste, qui en réalité n'est rien

d'autre qu'un avatar abject de l'afféterie chré-
tienne-sociale européenne. Les Européens
s'ennuient à périr et n'ont de cesse, à seule fin
d'échapper à ce mortel ennui européen, de se
mêler, à tout instant et en tout lieu, des affaires
de ce qu'on appelle le *tiers-monde*. Ce côté mis-
sionnaire est l'un des *vices* allemands, qui à ce
jour n'a toujours causé que des malheurs,
plongeant sans cesse le monde dans de nouvelles crises. Avec son répugnant *bon Dieu*,
l'Église a déjà empoisonné l'Afrique, désormais elle empoisonne l'Amérique latine.
L'Église catholique est l'empoisonneuse, la
destructrice, l'annihilatrice du monde, voilà la
vérité. Et l'Allemand en tant que tel empoisonne sans cesse le monde, au-delà des fron-
tières de son pays, et ne se tiendra tranquille
que lorsque le monde entier sera mortellement empoisonné. Pour ma part, moi qui ne
me suis jamais laissé aller à cette *aberration*
consistant à vouloir aider les gens en Afrique
et en Amérique du Sud, je me suis *entièrement
replié sur moi-même*. Il n'y a rien à faire pour
aider les gens dans ce monde, qui depuis des
siècles est empli d'hypocrisie. On ne peut
aider ni le monde ni les gens, parce qu'ils *sont
fondamentalement constitués* d'hypocrisie. Mais
vous êtes habitué à ce refrain de ma part, et

d'ailleurs ce n'est pas le sujet. Le fait est que je ne vous écris que pour vous faire part de ce dont j'ai rêvé hier, parce que cela vous sera utile, je pense. J'ai rêvé de l'Autriche de manière aussi intense parce que je m'en suis enfui, j'ai fui ce pays qui est le plus laid et le plus ridicule au monde. Tout ce que les habitants de ce pays ont toujours trouvé beau et admirable n'était plus que laid, ridicule, et à vrai dire repoussant, et je n'ai pas trouvé le moindre aspect de ce pays qui pourrait passer ne serait-ce que pour tolérable. Je voyais mon pays comme un désert morne et perverti où règne l'abrutissement le plus effroyable. Des villes atrocement mutilées, des paysages repoussants et, dans ces villes mutilées et ces paysages repoussants, des habitants vils, hypocrites et sournois. Il était impossible de déterminer *ce qui au juste* mutilait ces villes, flétrissait ces paysages, rendait les gens si vils et sournois. Le paysage était aussi avili que ses habitants, aussi mutilé, aussi sournois, tout et le reste étaient tellement repoussants, de la plus mortelle des manières, il faut que vous le sachiez. Les gens que je croisais avaient des faces grimaçantes en guise de visage, lorsque j'ouvrais un journal, la bêtise et la vilenie que j'y lisais me donnaient la nausée, tout ce que je voyais, entendais, tout ce que j'étais obligé de percevoir me faisait vomir. J'ai été condamné à voir et à entendre pendant des semaines cette Autriche infecte, sachez-le bien, jusqu'à me retrouver, à force de voir et d'entendre tant de choses mortelles, amaigri jusqu'à l'os ; par rejet de cette Autriche je n'avais plus été en mesure d'avaler la moindre bouchée, la moindre gorgée. Où que je regardais, je ne voyais que laideur et vilenie, une nature laide, fausse et vile, et des gens laids, vils et faux, je ne voyais que la saleté et la vilenie et la sournoiserie absolues de ces gens. Et ne croyez pas que j'aie vu uniquement le gouvernement ou uniquement, comme on dit, les classes supérieures du pays, *tout en Autriche* m'apparaissait soudainement comme ce qu'il y a de plus laid, de plus bête, de plus répugnant. *Profondément abîmé*, comme vous le formuleriez sans doute, j'ai fini par m'asseoir, après avoir traversé à plusieurs reprises, et, je le précise, avec la précipitation qui me caractérise, cette Autriche laide, vile et bête, sur une roche sédimentaire au sommet de la colline du Haunsberg, d'où il m'était possible de contempler la ville de Salzbourg, totalement abrutie sous l'effet de ses habitants, totalement ruinée par vos collègues messieurs les architectes, et mijotant

malgré tout encore dans sa perverse folie des
grandeurs. Qu'ont donc fait les Autrichiens en
à peine quarante ou cinquante ans de ce joyau
de l'Europe? me demandais-je, assis sur ma
roche sédimentaire. Ils en ont fait une abomi-
nation architecturale, où les Salzbourgeois,
antisémites et xénophobes catholiques et
nationaux-socialistes, couraient en tous sens
vêtus de leurs épouvantables tenues tradi-
tionnelles en cuir et en loden. Sur ma roche
sédimentaire en haut du Haunsberg près de
Salzbourg, j'ai dû finir, Monsieur, par m'assou-
pir, épuisé par le monde si l'on peut dire, car
tout à coup je me suis réveillé sur une autre
colline, le Kahlenberg près de Vienne. Et devi-
nez, mon cher architecte et bâtisseur, ce que
j'ai vu depuis le Kahlenberg, une fois réveillé,
pas depuis une roche sédimentaire comme
sur le Haunsberg près de Salzbourg, mais assis
sur un banc en bois vermoulu en haut de la
Himmelstrasse: j'ai vu toute cette Autriche
repoussante, qui désormais ne dégageait plus
qu'une puanteur atroce, avec tous ses habitants vils et sournois et ses églises et couvents
et théâtres et salles de concert connus dans le
monde entier, j'ai vu tout cela partir en fumée
et brûler entièrement. Me bouchant le nez,
mais les yeux et les oreilles grands ouverts et

avec un incroyable plaisir perceptif, j'ai assisté à la lente et très spectaculaire combustion de l'Autriche, jusqu'à ce qu'il n'en reste plus qu'une petite surface nauséabonde de cendres collantes, d'abord jaunâtres, puis grisâtres, et rien de plus. Et quand il n'est plus resté du gouvernement autrichien — qui, comme vous savez, a toujours été le gouvernement le plus bête du monde —, quand il n'est plus resté du clergé catholique autrichien — qui a toujours été le plus fourbe du monde — que quelques vestiges chrétiens-sociaux et catholiques et nationaux-socialistes à peine reconnaissables au milieu de ce paysage de désolation jaunâtre, grisâtre et pestilentiel, j'ai poussé, entre deux quintes de toux, un grand soupir de soulagement. Tellement grand que je me suis réveillé. Fort heureusement à Rotterdam, la ville qui, pour toute une série de raisons, est celle dont je me sens le plus proche et que je préfère, comme vous savez. Quand bien même cette Autriche ridicule ne vaut plus la peine qu'on en parle depuis tant d'années et de décennies, je pensais qu'il était malgré tout intéressant pour vous, cher Monsieur, d'apprendre qu'elle me soit, après tant d'années et de décennies, de nouveau apparue en rêve.

SOURCES

Goethe schtirbt. Première parution dans: *Die Zeit,* 19/03/1982.

Montaigne. Eine Erzählung in 22 Fortsetzungen. Première parution dans: *Die Zeit,* 08/10/1982.

Wiedersehen. Première parution dans: *Zeitgeist. Katalog zur Internationalen Kunstausstellung Berlin 1982.* Berlin, 1982, pp. 62-70.

In Flammen aufgegangen. Reisebericht an einen einstigen Freund. Première parution dans: *Programmheft 52, Der Schein trügt.* Schauspielhaus Bochum (Kammerspiel), 1983-1984, pp. 98-103.

ISBN 978-2-07-013771-8 / Imprimé en France

Composition Ütibi.
Achevé d'imprimer
sur Roto-Page
par l'Imprimerie Floch
à Mayenne, le 16 octobre 2013.
Dépôt légal : octobre 2013.
Numéro d'imprimeur : 85641.

ISBN 978-2-07-013771-8 / Imprimé en France.

242539